我想聽見你的聲音

I want to hear your voice

Misa 著

世界太過喧鬧，
以致於我沒能聽見你的，與我的心動的聲響。

出·版·緣·起

三百六十度全媒體出版

城邦原創創辦人　何飛鵬

當數位變革浪潮風起雲湧之際，做為一個紙本出版人，我就開始預想會不會有數位原生內容出版社出現？如果會的話，數位原生出版會以什麼樣貌出現？而我又將如何面對這種數位原生出版行為？

就在這個時候，我看到了大陸的起點網，這個線上創作平台，聚集了無數的寫手，形成數量龐大的創作內容，無數的素人作家在此找到了夢許之地，也成就了一個創作與閱讀的交流平台，而手機付費閱讀的習慣養成，更讓起點網成為全世界獨一無二、有生意模式的創作閱讀平台。

基於這樣的想像，我們決定在繁體中文世界打造另一個線上創作平台，這就是POPO原創網誕生的背景。

做為一個後進者，再加上我們源自紙本出版工作者，因此我們在POPO上增加了許多的新功能，除了必備的創作機制之外，專業編輯的協助必不可少，因此我們保留了實體出版的編輯角色，讓有心成為專業作家的人，能夠得到編輯的協助，我們會觀察寫作者的內容、進度，選擇有潛力的創作者，給予意見，並在正式收費出版之前，進行最終的包裝，並適當的加入行銷概念，讓讀者能快速認識作者與作品。

這就是POPO原創平台，一個集全素人創作、編輯、公開發行、閱讀、收費與互動的一條龍全數位的價值鏈。

經過這些年的實驗之後，POPO已成功的培養出一些線上原創作者，也擁有部分對新生事物好奇的讀者，不過我們也看到其中的不足——我們並未提供紙本出版服務。真實世界中，仍有許多作家用紙寫作，還有更多讀者習慣紙本閱讀，如果我們只提供線上服務，似乎仍有缺憾。

爲此我們決定拼上最後一塊全媒體出版的拼圖，爲創作者再提供紙本出版的服務，讓所有在線上創作的作家、作品，有機會用紙本媒介與讀者溝通，這是POPO原創紙本出版品的由來。

如果說線上創作是無門檻的出版行爲，而紙本則有門檻的限制，線上世界寫作只要有心，就能上網、就可露出，就有人會閱讀，沒有印刷成本的門檻限制。可是回到紙本，門檻限制依舊在。因此，我們會針對POPO原創網上適合紙本出版的作品，提供紙本出版的服務，我們無法讓所有線上作品都有線下紙本出版品，但我們開啓一種可能，也讓POPO原創網完成了「三百六十度全媒體出版」的完整產業及閱讀鏈。

不過我們的紙本出版服務，與線下出版社仍有不同，我們提供了不同規格的紙本出版服務：（一）符合紙本出版規格的大眾出版品，門檻在三千本以上。（二）印刷規格在五百到二千本之間的試驗型出版品。（三）五百本以下，少量的限量出版品。

我們的宗旨是：「替作者圓夢，替讀者服務」，在作者與讀者之間搭起一座無障礙橋梁。

我們的信念是：「一日出版人，終生出版人」、「內容永有、書本不死、只是轉型、只是改變」。

我們更相信：知識是改變一個人、一個組織、一個社會、一個國家的起點。讓想像實現、讓創意露出、讓經驗傳承、讓知識留存。我手寫我思，我手寫我見，我手寫我知，我手寫我創，變成一本本的書，這是人類持續向前的動力。

我們永遠是「讀書花園的園丁」，不論實體或虛擬、線上或線下、紙本或數位，我們永遠在，城邦、ＰＯＰＯ原創永遠是閱讀世界的一顆螺絲釘。

楔子

言語，是人類最偉大的成就之一，它使我們更加理解彼此想要表達的訊息。

從此我們發出的聲音不再是無意義的鳴叫，而是闡述心聲、讓彼此更加靠近的溝通利器。

然而久而久之，我們習慣將人們口中說出的話，都當成了他們的眞心話。

我們忘了去揣摩話裡更深刻的意思，也忘了去傾聽他們眞正想表達的內心。

原來嘴裡說出的話，也不一定是全然的眞實。

能不能有讀心術，讓我們不用猜測彼此的心意。

能不能說出口的每句話，都是發自內心？

不論悲傷、憤怒抑或是抱怨。

能不能，讓我聽見你心裡的聲音？

第一章

「我男朋友劈腿了！」

我咬牙迸出這句話，不顧形象地在教室嚎啕大哭。

原本正開心聊天的三個朋友瞬間噤聲，對我忽然的情緒暴走感到不知所措。

譚皓安首先翻了個白眼，冷冷地瞥過來，神情鄙夷，完全不同情我：「不是早跟妳說那個男的不行嗎？」

說完他還聳了聳肩，在椅子上換了個更舒服的姿勢。

華佑惟則有些手忙腳亂，看了譚皓安一眼後，從口袋拿出手帕向我遞來，無措地抓著他柔順的黑髮：「是那個妳從國中開始交往的對象嗎？唉唷，不要哭了，離開爛男人反而要慶祝吧，乖乖乖，不哭不哭。」

而房之羽一臉震驚，只說了句：「哭夭，那怎麼辦？」

「陳書海，如果妳要繼續哭的話，包含洗臉，大概還有三分鐘的時間。」譚皓安看著他的手錶，瞇眼開始倒數。

「她已經很難過了，你不要這麼冷血。」華佑惟小聲地說，還用手肘撞了譚皓安一下。

「所以呢?失戀就可以不用上課不用考試也不用生活了?」譚皓安絲毫不講情面。哼!對此我非常想送他四個字,無情無義!

但我現在很難過,也沒心情回嗆,只能用比之前更悽慘的哭聲回應,「哇啊啊啊啊啊——」

以聲嘶力竭來形容也不爲過。

「哭夭,不要哭了!」房之羽開口閉口都是哭夭,肚子是有多餓?她摀耳看向門外,像是下一秒就要奪門而出。

「啊啊,不要哭不要哭,那句話叫什麼,眼淚是珍珠,珍珠不要哭。」華佑惟更慌了,飛速拿起面紙幫我擦眼淚,甚至連鼻涕都幫我一併抹去,像媽媽一樣溫柔耐心地安慰我。

「珍珠?眞豬吧!再哭就變豬。有夠無聊,我要回座位了。」譚皓安冷酷地起身,頭也不回地走了。

「欸,皓安離開,那我也回座位嘍,交給你了,佑惟媽媽。」房之羽找到開溜的機會也跟著回座。

「哇!只有佑惟你是我的好朋友,只有你才關心我!」我痛哭,同時用另外兩人都能聽見的音量說。

對此,譚皓安拿出耳機塞住耳朵,專注地聽起音樂,房之羽則假裝沉浸在自己的小宇宙。

班上其他同學瞄了我一眼，就見怪不怪地繼續各做各的事。

「又來了又來了。」

「陳書海又在哭了。」

「叫書海不是因爲讀了海量的書，而是掉的眼淚多得像片海啊。」

隱約聽見同學們有一句沒一句的風涼話，我憤慨極了！這次跟以前的情況完全不一樣，我是被劈腿欸！這怎麼能不哭！

「書海，雖然這樣講很過分，但妳自己就沒有錯嗎？」房之羽從宇宙返航，冒出了這句話。

「我才沒有錯，全部都是他的錯！」

「感情變質怎麼可能只有一個人的錯，妳也有問題吧？」譚皓安就算隔著耳機也沒忘了嗆我。

「佑惟媽媽，安慰我！」我向唯一會溫柔對我的華佑惟討拍。

他似乎有些不知所措，清秀的臉龐卻依然露出微笑，對我說：「乖，妳最棒了，不要哭，我們去洗臉好不好？」

像是哄小孩一樣，華佑惟拉著我就要走出教室。

「你會寵壞她，華佑惟。」冷血魔王譚皓安拿下耳機，冷淡地警告。

班上同學紛紛出聲附和，像是他手下的嘍囉，老大說什麼就應什麼。

我抽抽噎噎地哭著，在華佑惟半推半哄下來到女廁前。

「快點把臉洗一洗，就要上課了，我在這邊等妳。」他溫聲說著。

進到女廁後，我站在洗手臺前扭開水龍頭，讓清澈的水凝聚在掌心，抬頭看見鏡中自己哭得發紅的臉。那個樣子一點也不漂亮，更遑論令人心疼。

誰說女人哭的模樣令人心疼啊，明明就很醜！鼻涕都跑出來了！

這樣的臉，誰見了都不會喜歡。

於是我彎腰把掌心的水潑在臉上，然後用力搓了幾下，告訴自己抬頭後便停止哭泣，而我將會是全新的陳書海。

我從口袋拿出華佑惟的手帕，上頭沾滿我的鼻涕和淚水，看起來有些噁心，我順手將它清洗乾淨。

步出女廁時，華佑惟一臉擔憂地守在不遠處。

「謝謝你的手帕，我洗過了，要記得晾乾喔。」說完，我把手帕遞給他。

「不用這麼麻煩啦……妳沒事了？」華佑惟把手帕接過，又不放心地追問。

「嗯，已經沒事了，我再也不會爲那個人渣掉第二次眼淚。」我揚起下巴。

他明顯鬆了一口氣，「那就好。」

「佑惟媽媽眞是個老好人，從來都不會生氣。只有你最溫柔了。」我拉起他的手，左右搖晃了兩下。

「不要叫我媽媽，我是男生。」他歪了歪頭，有些不滿。

可是他不僅皮膚看起來比我好，五官也清秀得令人嫉妒，他如果被男生告白我也不會覺得意外。

「那，叫爸拔？」我故意這麼說。

「也不要，快點，我們回教室了。」他無奈地說，拉著我走回教室。

今天天氣晴朗，豔陽高照，窗外的風景在燦爛的日光中閃耀著隱隱的光輝。如果我只顧著低頭哭泣，約莫就無法欣賞到如此美麗的景色了。

事情既然已經發生，難過也於事無補，我決定收拾心情向前走。

我最大的優點，大概就是很容易看開吧。

「恢復如常了！」

我快抵達教室時，房之羽正站在門口偷看，她一看清我的神色，立刻扭頭朝教室裡大喊。

「陳書海就跟小孩子一樣，哭完就忘了自己在難過什麼。」

「眞的，她跟我三歲姪女好像。」

「要是她哭一整天，我一定報警。」

班上同學又開始講人閒話，眞的是吃飽太閒！

我走進教室，宛如女王出巡般對大家優雅地揮揮手，「謝謝你們的關心，我已經沒事了。」

「沒有擔心妳。」

「是啊，反正妳一下就好了。」

「只有佑惟媽媽很好心，會一直關心妳。」

聽到眾人的調侃，華佑惟再次抗議，要大家不要叫他媽媽，但似乎沒什麼用，他善於照顧人的媽媽形象早已在大家心中根深蒂固了。

我就讀的這所學校名爲綠茵，雖然只是高中，占地卻比國內許多大學更廣闊，還有一大片綠草如茵的草原，天氣好的時候，學生可以坐在草地上邊看書、用餐，邊曬太陽，就像是電影裡常見的國外大學一樣。

校長不是教育體系出身，但非常有錢，所以綠茵高中不但校地寬廣，教學資源豐富，硬體設備也是數一數二。

學校裡有游泳池沒什麼了不起，但哪間學校有蒸汽室和烤箱三溫暖？

綠茵有。

有攀岩社沒什麼了不起，但哪間學校有一整片攀岩牆和專業教練？

綠茵就有。

其他還有很多了不起的地方，可是綠茵的學生不喜歡對外張揚，因為會被別人說是炫耀，甚至會被說是富二代，炫富。

其實並沒有，剛剛也提到了，我們校長的身家極為豐厚，所以綠茵的學費雖然跟一般公立高中差不多，卻能享受到比公立高中更多的福利。舉個例子，學生不需要支付冷氣費用，但每年夏天照樣冷氣吹到爽，這項福利是不是很棒！

當然綠茵也不是隨隨便便就能入學的，這個社會還是很現實，有背景的就靠背景，只要有政商名流或校長親友的介紹，多半就能入學；沒背景的就只能靠自己，如果考試接近滿分，也可以如願以償。

所以，當高一第一次期中考的成績公布時，大家就大概知道哪些人是靠自己的能力進來，哪些人是靠背景。

譚皓安，是個成績很好，背景也很硬的人。個性很機歪，儘管有些M型女生說他是硬派帥哥，不過在我看來就是個硬到壞掉的帥哥。但關於他長得帥這一點，我還是承認的。

華佑惟，成績很好，家境普通，超級愛照顧人。你若是臨時缺了什麼東西，他幾乎都有。有一次我問他有沒有吹風機，他竟然眞的從置物櫃裡拿出來，而且還貼心地奉上整髮水。也難怪大家會喊他「媽媽」了。

房之羽，名字很美，人也長得很美，但講話和個性都很粗魯，不擅長安慰人，遇到棘手的事會先選擇逃避，是個愛湊熱鬧的千金大小姐。主科成績很差，但其他科目的成績都很好。

我和房之羽在高一開學那天就成為好友，因為將我們的名字結合後，所產生的意境很美——在書房中拿著羽毛筆寫下「海」。

好啦，我承認這是硬湊的。

總的來說，我們是因為對彼此很文青的名字感興趣而搭話，自然而然就走在一塊兒。恰巧我們的個性也很互補，她是一個大剌剌的直率女孩，我卻動不動就哭，而且每次哭都需要旁人的安慰與勸哄。

別看我這樣，我的成績很好，譚皓安常說：「書念得好卻是生活白痴，這樣有什麼用？妳以後就是那種倒貼男人，還問對方錢夠不夠用的類型。」

看，他根本不是硬派帥哥，是硬到壞掉！

我瞥了眼正在位子上看雜誌的譚皓安，他短短的瀏海微微翹起，我不禁偷笑，他皺眉，用嘴型對我說：「笑三小？」

「我是女生欸！你怎麼這樣對我說話？」我忍不住指著他大吼。

「靠，妳又怎麼了？」房之羽這個粗魯的丫頭，從剛才到現在，她每句話的發語詞都是粗話。

譚皓安裝無辜地聳聳肩，他這個壞蛋只會在私底下凶我。

「好了，別爲無聊的陳書海浪費時間了，大家快回座位。」班長白時凜居然在講臺上這樣說，班上同學也一副深以爲然的樣子。

「我要回家跟我媽媽說，讓她把你們當掉！」我氣呼呼地對全班大喊。

「又不是大學，當個頭。」班上的第一名才女柯喻宸甩了甩長髮，眼角的小痣替她增添了不少性感風情，也讓她臉上瞧不起我的神情更明顯了。

「女王大人！」班上一群M屬性的男生稱呼她爲女王，柯喻宸本人似乎也很樂在其中。

「白痴，家長會會長沒有那麼大的權力。」譚皓安嘖了聲。

「你眞討厭！」我將怒火轉向他。

他微勾起嘴角，定定地看著我。好吧，那個模樣還眞有點帥氣。

「妳才不會討厭我。」

他自信地說。

#

「什麼？妳和孫孟楷分手了？」我的國中好友席奕寧在電話那頭大叫，「那妳快傳譚皓安的照片給我。」

「欸欸欸，小姐，這前後文不對喔，妳應該先關心我吧？」我嘖了好大一聲。

我愛嘖人的習慣是被譚皓安帶壞的，果然近墨者黑。

「我本來就不看好妳和孫孟楷啊，到現在才分也算奇蹟了。」

我幾乎可以想像圓臉齊瀏海的席奕寧翻了老大一個白眼的樣子。

「為什麼不看好？我一直覺得我們很配。」我非常震驚。

我和孫孟楷從國三開始交往，儘管畢業後考上不同高中，但感情依然不見生疏，到現在也將近一年了，怎麼會不被看好？

「孫孟楷既沒有男子氣概，又有點愛推卸責任，只有妳會笨到喜歡上他！分手理由是什麼？我猜猜，他劈腿了嗎？」

我差點把剛吃下的晚餐從胃裡吐出來，「妳怎麼知道？」

「哎呀，隨便猜猜就中，為什麼我考試猜題就沒這麼準？」席奕寧鬼叫著，「再讓我猜猜看，他是不是說會劈腿都是妳的錯？」

「天啊，妳怎麼知道？妳該不會有預知能力吧？那妳算得出樂透號碼嗎？」

「妳還想中什麼樂透啊大小姐？另外，這才不是預知能力，孫孟楷就是那種好面子又死不認錯的類型，我一點也不意外他把過錯都推到妳身上，雙子座就是這樣！」

「妳這麼說就不怕會得罪全天下的雙子座？而且譚皓安也是雙子座啊！」我皺眉。

「人家譚皓安才不一樣，他是最帥的男生，一定也很溫柔、很好……」

完蛋，她陷入幻想了。

我想把她從粉紅泡泡裡救出來，趕緊說：「他今天對我說『笑三小』喔。」

「那是因爲妳令人生氣。」

「妳到底是誰的朋友啊！」這下子換我鬼叫了。

這女人不過是上學期來我們學校參觀校慶活動時見過譚皓安一次，就把對方捧得跟神一樣。

「妳朋友，但譚皓安是最棒的。」席奕寧忽然壓低音量，「我媽來了，總之我跟妳說，孫孟楷的事就算了，他是個糟糕的男人，我之後會去打聽他的新對象是誰，還有記得把譚皓安的照片發過來，晚安啦，拜拜。」說完她就迅速切斷通話，我一句話也來不及說。

好吧，我人這麼好，所以就把一張譚皓安張大嘴吃炒麵的照片發給她，但沒想到連這種照片她都能連傳十幾張愛心連發的貼圖，還不忘寫上：「譚皓安好帥。」

「我覺得妳要去檢查眼睛了。」我十分眞誠地回應。

與孫孟楷分手的第一個夜晚，意外地並不難熬。

比起難過，我更覺得震驚，當我在學校接到他提分手的電話時，我當下的反應其實是訝異居多，以爲他在開玩笑，想給我生日驚喜。

對，那個王八蛋，下禮拜就是我生日，居然還在我生日前夕跟我分手，是不想送禮物吧？

不，禮物不是重點，我在意錯地方了……

「我們分手吧。」孫孟楷當時的聲音聽起來有些彆扭，旁邊還隱隱傳來別人的聲音。

「蛤？你在開玩笑嗎，對了對了，下禮拜……」

「妳聽不懂嗎？他說要分手。」電話那頭換成了一個女生。

我一愣，這若是驚喜也太過分了。

「欸，不要這樣。」隱約聽見孫孟楷這麼說。

「你不敢講就讓我來！」這個女生毫不客氣地繼續對我說：「聽好了，有公主病的千金小姐，孟楷受夠了妳的壞脾氣，而我和他早在高一開學沒多久就在一起了。這個時代，感情的世界裡已經沒有小三小四小五小六，也沒有正宮，只有好聚好散，所以你們掰了！」

那個女生話一說完，就啪地掛斷了電話，我呆了幾秒後立刻回撥，孫孟楷沒接，我不肯放棄地繼續撥號，等到他終於接起，他劈頭就說：「別再煩我了，我們分手，在檢討我之前，先檢討一下妳的個性吧！」

然後就掛、斷、了！

接著，我就在教室裡崩潰大哭，好朋友還不理會我。

我有做了什麼事，讓孫孟楷受不了我嗎？身爲一個女朋友，我不夠稱職嗎？我給他壓力了嗎？還是我太愛哭？或者我太自以爲是？

連房之羽和譚皓安都問我是不是有做錯什麼，所以我眞的做錯什麼了嗎？

這麼一想，我頓時沮喪了起來，也許眞的在不知不覺間，我的確做了什麼難以彌補的錯事，讓孫孟楷對我的感情日漸消散。

但不管怎樣，他應該要告訴我的，他可以先跟我分手，再去交新女友，怎麼可以同時和我及那個女生交往？

而且她又是什麼心態，明明知道對方有女友，竟然還願意當小三？雖然我和孫孟楷見面的次數確實愈來愈少，但他背著我出軌，這種行爲無庸置疑就是錯的！

我把疑問與不甘全部寫進日記，卻依舊無法洩憤，我迫切地需要別人附和我，於是拿起手機發了條訊息到聊天群組：「出軌的人罪該萬死，都要下地獄。」

房之羽回了一張大笑的貼圖，譚皓安則回了張翻白眼的貼圖。

只有佑惟媽媽說：「對對對，他們都該下地獄，妳不要再生氣了，快點睡覺吧。」

「妳只是沒遇到誘惑，才能說得理直氣壯。」譚皓安忽然回了這句，讓我怒火中燒。

「我才不會，絕對不會，永遠不會。」

我氣呼呼地寫完訊息後，連貼了二十張打人的貼圖，然後把手機丟到房間的沙發上，跳上雙人床躺下，蓋好被子，想著明天一定要打譚皓安幾下，不打的話我就不叫陳書海。

到了隔天早上，我胸口的那股鬱氣已經消退得差不多了，但群組裡譚皓安昨天傳來的後續回應，讓我又怒火中燒起來。

「妳最好別鐵齒，人沒到死前都不能確定自己哪些事會不會做。」

譚皓安不知道為什麼，總愛跟我唱反調。

「好啦，不要跟她吵了。書海，沒事的，我知道妳不會。」華佑惟出言幫我，而房之羽就別提了，她索性逃避這個話題，裝作沒看見。

我陳書海可不是這麼好欺負的，為了自己的面子，我決定等一下去譚皓安家堵他，基於這個目標，我迅速刷牙洗臉、換好制服，隨便拿了餐桌上的幾塊麵包就要出門。

「書海，急急忙忙像什麼樣子，乖乖坐好吃完早餐！」爸爸厲聲對我說。

「不，我很急，譚皓安那個人欠教訓！」

「皓安？他最近好嗎？改天請他來家裡坐坐呀。」媽媽眼睛一亮，一邊發話一邊切開香腸。

「媽，譚皓安是個假仙的惡魔，你們都被他騙了。」

「又來了，妳是不是嫉妒人家？」爸爸皺眉，開始數落我的不是。

這不太對吧，爲什麼別人家的爸爸都很疼女兒，無條件站在女兒那邊不說，甚至會變成白痴爸爸，把女兒視爲閃亮亮的掌上明珠，可是我家的爸爸卻總說我是笨蛋！

「我嫉妒譚皓安幹麼！他是男生耶！」我大喊。

都是因爲萬惡的校慶，自從上學期爸媽來學校參觀後，就對譚皓安這位「彬彬有禮」的少年留下極佳的印象，加上他又是譚氏連鎖商店的么子，所以更是對他心生好感。

「那麼喜歡，去認他當乾兒子啊。」我癟嘴又說了句。

「不然妳嫁給他好了，這樣他就能成爲我們眞正的兒子了。」

媽媽居然出了這種餿主意，身爲家長會會長的她竟然想把我賣掉！

天公伯，有這種媽媽實在沒天理啊！

「我寧死不屈！」我戲劇化地扔下這句，套上學生鞋奪門而出，離開這對過分的父母。

這一切都是譚皓安害的。我火速招了輛計程車坐上去，報出了他家地址。一到他家門口，正好看見他走出家門。

「譚皓安！」我大喊，降下車窗對他揮手。

「妳坐計程車上學？妳到底有多懶？」他先是被我嚇一跳，隨後露出冷漠的表情。

「我是特地來找你的！」我付錢給司機先生，並相當大方地表示要他不用找了。

「妹妹，還少了五十塊。」嗚！沒想到還不夠，我立刻翻找皮包，什麼？沒錢！

我哭喪著臉，看向譚皓安：「借我五十塊……」

「妳眞的是沒救了。」他翻了個白眼，從皮夾掏出一百塊遞給司機，然後大方說了句不用找了。

下了計程車後，我第一時間感謝譚皓安的大方，卻聽見他說：「妳欠我一百塊。」

「不，我只借了五十塊，是你自願多給的……」我不服氣，別想A我的錢。

「我是幫妳做面子。」這大爺居然如此理直氣壯。

我忿忿地出拳揍了他的胸膛，結果發現拳頭觸及處硬梆梆的。

「果然心腸硬到連胸部都變硬了。」我恨得牙癢癢。

「妳在說什麼鬼？」譚皓安一臉無奈，「走吧。」

「我特地過來就是要揍你一拳的。」我跟上他的腳步，邊說還邊用手捶他的右肩。

「妳眞的很無聊，竟然爲了這種事專程過來一趟。妳要打我的理由是什麼？」譚皓安放慢腳步繞到我右邊，然後把我擠到內側通道，他自己則走在外側。

「你在LINE裡面很不溫柔，一直罵我！」我想踩他的腳，被他俐落閃過。

「溫柔的人有華佑惟一個就夠了。」他說話時的表情看起來十分不屑。

我抓準機會再次攻擊他，這次是掐他的手臂，掐下去後我還擰了一圈。

「妳很無聊。」他文風不動，彷彿並不怎麼痛。

我鬆開手，他那片肌膚立刻泛起了明顯的紅色。

明明就很痛，眞愛裝。

不過也因爲這樣，我氣消了不少，滿意地點頭微笑，與他並肩往學校走去。

「快要舉行園遊會了，啊啊，爲什麼學校上下學期都有大型活動，眞令人厭煩。」白時凜一邊主持班會一邊發牢騷，連在黑板上寫下的「園遊會主題」那五個大字，都顯得有氣無力，散發著一股濃濃的厭世感。

「總之，請大家踴躍發表意見，看看我們班要做些什麼，記得別提太麻煩的項目。」說完，白時凜就捏著粉筆站到一邊。

結果，等了半天，沒人有意見，白時凜也一副沒幹勁的樣子。

「不然我們在教室裡放椅子，讓路過的人進來休息？」白時凜提出了超沒幹勁的提議，還寫上黑板。

「我才不要讓別人坐我的椅子。」柯喻宸高傲地說，她的親衛隊跟著喊：「女王大人英明！」

「而且讓不相干的人進來教室不保險，東西丟失怎麼辦？」譚皓安也出言反對這個提案，因爲他的外套在上學期的校慶中不見了，不知道是被哪個瞎了眼的愛慕者拿走。

「那就不要休息區。」白時凜從善如流，迅速擦掉他剛寫上去的提議，然後轉頭露出狡詐的笑容，「提出反對意見的兩人，有什麼更好的建議嗎？請說。」

「我沒有意見。」柯喻宸聳肩。

「我也沒有。」譚皓安說。

「沒意見就反對，這是民主國家不能容忍的事，請提供意見，否則要施行處罰了。」白時凜叉著腰，讓大家感受到民主國家的高壓手段。

「處罰個頭，誰理你。」柯喻宸毫不在乎。

人家可是S女王，怎麼可能會乖乖聽話？白時凜眞是個笨蛋。

「不准你動女王大人！」看吧，親衛隊果然暴動了。

「那就來做柯喻宸和譚皓安的照片寫眞展好了。」白時凜暴露他腹黑魔王的本性，轉身寫上了這項提議，柯喻宸的親衛隊頓時報以熱烈的狂叫，極力表示贊同。

「我反對！」柯喻宸慌張地起身。

「放心，他哪來的照片？」譚皓安老神在在，看起來一點也不擔心。

「你們太天眞了！桀桀桀！」白時凜發出反派角色專屬的笑聲，畫面一下子從青春校園片轉向恐怖片發展了。

「如果是寫眞展的話，我們很樂意提供照片，讓更多人知道女王大人的魅力！」親衛隊以行動表達對寫眞展的熱情，讓他們倒戈其實還挺容易的。

「我也有很多皓安的照片唷。」我十分惡趣味地開口。

譚皓安嚴厲地瞪了我一眼，我朝他吐舌兼擠出一對鬥雞眼，怎樣，咬我啊！

「所以說，要麼提供意見，要麼就決定是寫眞展了。我覺得如果是這個，門票就算收五十塊，也會有很多人願意進來參觀喔。」白時凜用鼻子哼了聲。

「好吧，那我提議『許願池』！」柯喻宸馬上舉手提了一個新方案，還不忘惡狠狠瞪向那群親衛隊，「只要顧客的願望在我們能力所及的範圍內，就斟酌收取費用接受委託，替他們實現，像是幫忙找回失物之類的。」

「這個分寸很難拿捏耶，要如何判斷願望能接或不能接呢？」白時凜摩挲下巴。

「不管怎樣我已經提出我的構想了。」柯喻宸聳肩。

「那我就提議『心事室』吧，顧客只要花十塊或二十塊錢，就可以把苦惱的事說出來，像對神父告解一樣。」

譚皓安的這項提案不錯，白時凜點點頭，便寫上黑板。

「對於『心事室』，大家有其他問題嗎？」白時凜再次徵詢全班意見。

「現場可以再提供一些飲料和餅乾。」柯喻宸大概是為了避免自己的照片被展出，所以表現得很是積極。

一番討論後，這項提案被全班無異議通過。

譚皓安明顯鬆了一口氣，我正偷覷著他竊笑時，他忽然對上我的視線，嚇了我好大一跳，因為心虛，我趕緊低頭看向桌上的筆記本。

約莫過了五分鐘，我猜想危機已過，這才鼓起勇氣把頭抬起，卻沒料到譚皓安竟然還在瞪我。

「妳、死、定、了。」他用嘴型一個字一個字無聲但清楚地恐嚇道。

輸人不輸陣，我昂起下巴，再次對他做了個鬼臉。

「你們眞的很愛逗嘴欸。」一旁的房之羽注意到我和譚皓安的「眉來眼去」，忍不住挑眉。

「是他對我不溫柔又很凶，不是我的問題。」我指著譚皓安，故意大聲說。

「妳就是太粗魯了，所以譚皓安才對妳這麼凶。」房之羽搖頭。

最沒資格說我粗魯的人是妳，先把妳開開的大腿闔上吧！我在心中腹誹。

「那是皓安對妳表示溫柔的方式。」華佑惟這個好好先生又在幫人說話，他見我滿臉不信，繼續笑著說：「是眞的，妳看，如果是別人，他理都不理呢。」

我哼了好大一聲，不管怎樣，譚皓安就應該要安慰我，我被劈腿，不想跟我一起罵，好歹也別出聲，誰喜歡這種時候還被指摘。

鐘聲響起，房之羽立刻站起來，拿起她的小零錢包說：「下課了，我們去買東西吧。」

「好哇，我要買……」我跟著起身，卻突然感覺脖子一緊，我嚇了一跳，扭頭看了過去，譚皓安那個惡人伸臂勾住我的脖頸，臉上露出猙獰的微笑。

「書海和我有事要說。」

喔不！每當他單叫我名字的時候，就代表我有危險了！

「我我我我我和你沒話好說！」我想逃開，可由於他的手勁頗大，雖然勒得不痛，但我一時無法掙脫。

「來吧，我們聊聊，書海。」他強硬地把我拖出教室。

「救我！媽媽救我！」我向華佑惟求救，他看起來很著急，卻也無能為力，於是我在大家爭相注目與暗自竊笑的情況下被惡人擄走了。

「放開我，好心的路人們，幫幫我！」我轉而向幾位站在走廊上的別班同學呼救，老實說我並不認識他們，但總有人會路見不平拔刀相救吧。

誰知他們僅瞥了我一眼，便笑著問譚皓安：「在幹麼？」

「這傢伙欠教訓。」譚皓安淡淡地回。

沒想到他的人脈這麼廣，看來我只能認命了。

我被他拽到川堂附近的花園，這裡位置不算偏僻，往來的學生不少，諒他也不敢對我動手動腳。

大概吧。

「你想幹麼？」我的手防衛性地舉在臉前交叉。

「妳為什麼可以提供我的照片？」

「誰叫你得罪我了，我就是要提供一些你的醜照，然後到處……」我一邊講著欠揍的話，一邊舉著雙手，以防他眞的揍過來。

「妳哪來我的照片？」他打斷我的話，又問。

「我拍的，不然網路下載嗎？」我理所當然地回答。

「妳為什麼會有我的照片？」這不是跟剛才的問題一樣嗎？我正要開口，就聽見他問：「妳偷拍我？」

「蛤？」我不自覺把手放下。

他的嘴角勾起一道不懷好意的弧度，整個人猛地朝我貼近，我的心跳頓時漏了一拍。

「我要看。」他說。

「什麼？」我想要退後，卻被涼椅旁的扶手擋住退路。

「手機讓我看。」譚皓安伸手往我的裙子口袋探去，我穿裙子欸！他快要摸到我的大腿了！

「性騷擾啊啊啊啊啊——」我放聲尖叫，恰好瞥見媽媽和校長的身影出現在教學大樓二樓的走廊上，兩人正朝著校長室的方向走去，我連忙大喊：「媽媽！救我！」

「又要華佑惟救妳！」譚皓安以為我在叫佑惟媽媽。

和校長相談甚歡的媽媽聽見我的求救先是一愣，而後四處張望，很快就發現身處花園的我，她趕緊跑到欄杆邊大吼：「你在對我女兒做什麼？」

媽媽這一吼好有氣勢，譚皓安劇烈地抖了下，而他手上正拿著從我裙子口袋裡掏出來的手機。

我露出得意洋洋的表情，對他搖頭晃腦，譚皓安瞇著眼看我，眼神萬分狠毒，然後忽然換上一副超級溫柔又陽光的微笑表情，轉身看向我媽媽。

「阿姨您好，好久不見了。」

警察先生，就是這個人！

「咦？是皓安啊。」一心想把譚皓安變成兒子的媽媽一見到他，臉上的威嚴瞬間消失，神態和藹可親，「怎麼啦？你們兩個在幹麼？」

「沒事，因爲書海剛才偷拍我的照片，所以我要她把那張照片刪掉。」他面帶微笑說謊。事實證明只要你能裝出一副若無其事的樣子，說出的謊話就會被相信。

於是我親愛的母親大人倚著欄杆，用匪夷所思的笑容念了我一句：「哎呀，妳這孩子眞是的。」

接著就和校長有說有笑地走進校長室。

「這是詐欺，詐欺！」我聲音發顫，抓住譚皓安的肩膀猛搖，「這裡出了一個騙子，我哪有偷拍你！」

「在我不知道的情況下拍我就叫偷拍。」

「是這樣說的嗎？」我不服氣，想要奪回手機。

他毫不客氣地大掌一伸，壓住我的臉，另一手操作手機，點開相簿。

喔不！我在裡面幫譚皓安開了一個專放他照片的資料夾啊！

他眉頭微擰，隨即笑了，笑容中明顯流露出一絲不可置信：「原來，妳喜歡我？」

「別開玩笑了，你這是什麼神邏輯？」我向他解釋，我偷拍他是因爲席奕寧老是向我索要他的照片，而爲了方便管理，所以才專門建了資料夾。

「妳這樣更糟糕了，居然利用我。」雖然嘴裡在罵我，但他看起來很開心，「妳利用我的照片交朋友，要怎麼感謝我？」

「我利用你交朋友？她本來就是我的朋友！」

他突然拿出自己的手機，朝我按了幾下快門。

我完全傻住，「你幹麼？」

「我看看妳的相簿裡有幾張我的照片……嗯，一百張，妳是變態嗎？妳偷拍了我一百張照片？」他再次露出不可思議的表情。

「有些照片明明是大家的合照，只是裡面有你而已，更何況有些照片裡的你都有看鏡頭，根本不算是偷拍。」

「管妳的，既然妳的手機裡有我的照片，公平起見，我的手機裡也必須要有一百張妳的照片。」

「哪有這樣的！」我大聲抗議。

但顯然沒什麼用，譚皓安逕自在自己的手機相簿裡建造了一個新資料夾，並打上我的名字。

「陳書海，妳死定了。」他唇角微勾。

陽光斜斜照來，我注意到譚皓安落在地上的影子。

「你才死定了。」我一邊撂狠話，一邊作勢捏他的影子。

我聽過一種說法，只要控制住對方的影子，無形中就控制了對方的身體，既然此刻我不敢攻擊譚皓安，那我攻擊他的影子，也算是聊勝於無的復仇。

沒關係，現在就讓你吧。

譚皓安你等著，總有一天你一定會對我言聽計從！

第二章

就在我把譚皓安誓言要拍我一百張照片這件該死的事寫進日記時，我收到了一則該死的訊息。

「大南國中同學會是否該舉辦了？歡迎大家踴躍參與。」

班上某個好事者把訊息貼到群組裡，引起一連串的回應，大家都說會去參加。

「知道我和孫孟楷分手的人有多少？」我苦著一張臉，看向席奕寧。

「大概就只有妳、孫孟楷還有我吧。」席奕寧把頭髮剪短，染成茶色，胭紅的顏色塗得很深，看起來像是日本女生。

「我可以不要去嗎？」

「妳看看最後這句話。」她從床上爬到我旁邊，「竟然寫著『不來者考不上大學』，這詛咒有沒有很惡毒？」

「現在誰會考不上大學……」我嘟著嘴說。

「所以要是詛咒真的靈驗，考不上就很丟臉了！」席奕寧一臉凝重，誇張地張大嘴慘呼，「超級丟臉！」

「妳的表情比較丟臉。」

「呿！反正去又沒差！」她從我手中抽走手機，「我要看譚皓安的照片。」

「都妳害的，讓他……」我說到這裡頓了頓。

「怎樣？」

「算了，沒事。」我聳肩，不打算告訴她譚皓安白目的行爲。

「啊！」席奕寧忽然叫了一聲，我問她怎麼了，她有些尷尬地把手機遞過來，「吶，妳自己看。」

我拿回手機，正好奇她到底是看見什麼嚇成這樣，就見畫面跳出了LINE的訊息通知，是國中同學群組。

「喔，不會吧。」我趕緊點開訊息，群組裡的所有人全處於震驚狀態，起因是孫孟楷剛剛的發言。

「我會帶女友參加。」

「廢話，陳書海不也會一起。」

「我和她分手了，是新女友。」

然後就出現一連串的驚訝圖洗版。

這個男人怎麼可以這樣，我也在群組裡面，他先發制人，搞得我像被他甩了一樣，雖然我也眞的被甩了。

但這種作法太沒品了！他怎麼這麼缺德！

「所以我能不去嗎？」我可憐兮兮地說。

「不，這下子妳更要去了！」席奕寧瞇起眼睛，「該給孫孟楷這個自大的白痴一點顏色瞧瞧，妳如果不去就眞的被打成落水狗了，一定要去，最好帶個男友去！」

「我哪來的男友！」

「假裝啊！帶上一個帥氣的男生，假裝是妳男友，氣死他們！」

席奕寧一定是漫畫看多了，怎麼可能眞的這麼做啊。

「我不想刻意帶一個男生過去，那擺明是給人看笑話。」

其他人一定都抱持著看好戲的心態，如果我和孫孟楷各自帶著男女朋友出席，看在他們眼裡，必定會認爲我們要分出高下，有必要嗎？

「我不想去。」我再次重申，並關掉螢幕不打算回應了。

「妳有時候會在奇怪的地方很堅持。」席奕寧兩手一攤，「但妳是絕對要去的，放心有我在，我不會讓他或他的新女友對妳不敬。」

「唉，人生好難。」

「才不難，總之聽話，我來回他們。」說完，她拿起自己的手機，我立刻湊過去看她要打些什麼。

「我和書海都會去同學會，然後孫孟楷，你是因爲劈腿才分手，別在那裡惡人先告狀，帶女友來啊，讓大家看看小三的樣子。」

我眼珠子嚇得差點掉出來，群組瞬間顯示十五個人已讀，但遲遲沒人回應。

「妳、妳還眞敢。」我忍不住拍起手來。

「哼，我是妳朋友，理所當然要挺妳。就算哪天妳也劈腿了，我依然會站在妳這邊挺妳。」她說這話的模樣眞是帥翻了。

「我才不會劈腿。」不過，我一定要反駁這句話。

「妳又知道了，事情沒有遇到都不一定喔。」

「妳說的話怎麼和譚皓安說的一樣。」我咕噥著，而席奕寧一聽見譚皓安的名字，立刻撲到我旁邊。

「他說了什麼？喔，天啊，他眞的好帥，我們學校都沒有這麼優質的男生，早知道這種長相的男生腦筋也很好的話，我當初就認眞一點考去綠茵了！」她開始發起花痴，與方才幫我說話的豪邁差了十萬八千里。

忽然，她右手握拳，重重往左掌心一打，眼睛發亮地看著我說：「譚皓安啊。」

「他是個惡魔，妳不要光看他的外表。」我擺擺手，想起身為自己倒杯茶。

席奕寧猛地從後面抱住我的腰，把我整個人往後拽，我差點跌坐在她身上，「齁，妳這樣很危險欸！」

「我是說譚皓安！帶譚皓安去同學會！」她兩眼發光。

我連嘖了兩聲，指著她說：「我合理懷疑，妳是因為自己的利益，才要我去約譚皓安。」

席奕寧先是心虛地眼珠子亂轉，然後又迅速定下神，理直氣壯地拍開我的手。

「唉唷，不管動機是什麼，有用就好了！」

「我剛才就說了，這麼做很討厭，我不想這樣。」

「妳可以介紹譚皓安是我們共同的朋友，他光外型就能打趴孫孟楷的自信心了，我跟妳說，女人的矜持很重要，但面子也很重要的！妳不想看小三被譚皓安帥到一臉血的嘴臉嗎？」

席奕寧一口氣講了這麼多，目的還不是為了要說服我。

「再讓我考慮看看。」我伸手制止她繼續講下去，只在行事曆上標示了同學會的時間，並且盡量忽略群組持續傳來的轟炸訊息。

#

我一面踢著路面上的碎石子，一面東張西望，而後又低下頭，看到皮鞋上沾了些灰塵，彎腰想把它拍乾淨。

此時，一群穿著綠色褲子、米色上衣的學生從對面的學校魚貫走出，神態輕鬆，氣氛歡騰，就像是終於擺脫了束縛一樣。這一幕是每所學校在放學時很常見的風景。

我趕緊躲到郵筒旁的大樹後，暗自祈禱路邊的車子與行道樹能遮擋住我的身軀，可惜未能如願，幾個學生從我面前走過時，不約而同多瞧了我幾眼，顯然我一身綠茵的制服還是太過招搖。

無奈之下，我只好放棄原先的計畫，準備直接回家，畢竟綠茵雖然名爲綠茵，但女學生的制服卻是鮮豔醒目的紅色百褶裙，我可不希望明天這所學校開始流傳起「有個綠茵女生在校門口徘徊」的消息。

要是被孫孟楷聽到，他肯定會聯想到我。

席奕寧說，如果帶譚皓安出席同學會，大家看到他一定會很驚訝，還說孫孟楷的新女友絕對會被譚皓安帥到，但問題是比起這個，我更在意孫孟楷的新女友是誰？長得怎樣？

王八蛋孫孟楷一提完分手，馬上封鎖了我的臉書，我根本看不到他新女友的長相，而席奕寧在LINE的群組裡不給他面子，所以也一併被他封鎖了。

我知道在乎對方的長相沒有意義，可是，女生就是會在乎這種事。

我只是想看看，那個願意當小三的女生是誰？令孫孟楷與我分手的女生，會是什麼樣的女生？

狐狸精？長得很美？還是很清純無辜？

我太過好奇了，才會一放學就立刻搭計程車過來堵人，卻忘了先換掉身上顯眼的制服，堵人的衝動在理智回籠後消散，我退縮了。

於是我匆忙跑進小巷子，打算招一輛計程車回家。

「陳書海？」

然而就是這麼巧，偏偏這時有人喊了我的名字，拜託千萬不要是孫孟楷，千萬不要！

我回過頭，看見一張有點熟悉卻又叫不出對方名字的臉。

那個男生咧嘴微笑，用力招手，確認左右沒有來車後，快步穿越馬路，朝我奔來。

「好久不見，妳怎麼會在這裡？」他戴著復古的圓形眼鏡，頭髮中分，看得出來有特別設計過造型。

可即便他走近了，我還是認不出他是誰，只能淺笑地回了句：「是呀。」

他上下打量了我一遍，驚訝地說：「沒想到妳是念綠茵，大南畢業的大多都來理光，妳好厲害。」

理光就是孫孟楷念的高中，我現在就埋伏在理光附近。

原來這個人也是大南畢業的，但他到底是誰呢？

最好不要在這附近遊蕩，太危險了，我左右張望了下，見不遠處有個小公園，連忙提議：「我們去那裡坐一下吧。」

「好啊，這麼久沒見了，是該好好聊聊。」他對我微笑。

可是我想不起你是誰啊，大哥。

趁著他不注意，我偷拍了一張他的背影照，迅速傳給席奕寧，問她認不認識這個人。

「小姐，只有背影，我能看出來不就是神了？」

唉，她回的也沒錯，我到底在想什麼。

我和那個男生一前一後來到公園的長椅坐下，他還買了一罐販賣機的飲料給我。

「所以我畢業後，妳一切都好嗎？」他說。

我忍不住皺眉，這句話怎麼聽起來怪怪的，好像他比我早畢業一樣……

啊，啊啊啊！

「謝子晏學長！」我終於想起他是誰了！

「咦？妳不會現在才想起我吧？」他似乎有些失落，「我一看到妳就認出來了。」

「啊，因爲你和以前不太一樣，以前比較胖，眼鏡也換了。」我仔細端詳他。

現在的他和當年那個會聆聽我心事的胖胖學長長得完全不一樣。

「升上高中後發生了很多事，所以我就減肥了。」他抓抓後腦杓，嘿嘿笑著。

「好厲害，才兩年你就變了好多！」

他輕扯嘴角，彷彿是在苦笑，我正想問他「怎麼了」的時候，瞥見孫孟楷和一個女生走進公園。

地。

「哇！」我輕呼，連忙站起來，往旁邊最大的樹後躲去。

謝子晏對我的舉動感到不解，跟著想要走過來，我趕緊示意他噤聲，並且留在原

他愣愣地停下步伐，而孫孟楷和那個女生有說有笑地走近。

「喔，學長。」孫孟楷注意到謝子晏，主動打招呼。

「啊，嘿。」謝子晏朝我的方向覷了一眼。

他不知道我和孫孟楷交往過，自然也不知道我們分手，所以一定覺得很莫名奇妙，但請千萬保佑他不要說出我在這裡。

「學長，你今天看起來也很帥呢。」陪在孫孟楷身畔的妹妹頭女孩對謝子晏微笑，還俏皮地眨了下眼睛。

「謝啦，伊澄，倒是妳最近社團好像沒有以前……」

「唉唷，學長，我現在是戀愛中，當然重心轉移。」她邊說邊勾著孫孟楷的手，大眼睛眨呀眨的，像在撒嬌一樣。

「學長，你一個人在這裡做什麼？要跟我們去吃冰嗎？」孫孟楷先對女孩微微一笑，然後才問謝子晏。

「啊，不了，我還有事。」謝子晏的眼神又朝我這邊飄來。

「那我們先走啦，明天我會去社團的，拜拜！」名為伊澄的女孩淘氣地對謝子晏揮

手道別，幾乎是踩著小跳步與孫孟楷相偕離去。

她的聲音柔軟甜美，和當時在電話裡凶我的那個聲音截然不同。

但我很確定電話裡的那個聲音就是她。

「怎麼回事？」謝子晏走到我身邊，應該多少猜到了我是在躲孫孟楷吧。

「我想起國二的時候，我和孫孟楷走在回家路上，也曾遇到學長，然後問學長要不要一起去吃冰對吧？」我死死盯著他們逐漸走遠的背影，淡淡說道。

「是啊，當時我還吃了兩碗，頭都痛了。」謝子晏扶著太陽穴，「我錯過什麼事了嗎？」

「也沒什麼，我跟孫孟楷交往過。」

「是嗎？」謝子晏看起來沒有很驚訝，「該不會是因爲葉伊澄的關係，所以分手了？」

「學長總是很一針見血呢。」我失笑，想起他從以前就觀察力敏銳，個性溫文儒雅的他跟華佑惟一樣，屬於溫柔的「媽媽」類型，不過謝子晏更像個可靠的大哥哥。

他走過來摸摸我的頭，就像他以前安慰我們這些學弟妹的時候一樣。

「學長，你現在變得這麼帥，如果仍然跟以前一樣溫柔，會被女生們誤會是中央空調喔。」我莫名覺得眼眶泛酸。

「怎麼會？我可是很注意的，大概吧。」謝子晏更加用力地揉我的頭髮，「況且妳是大南時期的學妹，完全不一樣。」

「那我就先謝謝學長了，學長最好了，不像我的朋友們都對我很凶，就連席奕寧也是，不過她有很man地幫我回擊，學長記得奕寧吧，我那個圓圓臉的朋友，個子很嬌小。」

「記得。」他鬆開手，「我們交換一下聯絡方式吧。」

「好。」

今天見到了孫孟楷的新女友，還得知她叫葉伊澄，長得一點也不像小三，反倒像是一般的鄰家少女，清純又可愛。

見過她之後，我的心情沒有比較舒坦，反而更悶了。

但意外碰上國中的學長，也算是另一種收穫吧。

步出公園後，我招了輛計程車，謝子晏在一旁笑著說：「妳跟以前一樣的大手筆。」

「有嗎？」我不理解他這句話的意思，搭車回家比較快啊。

「到家傳個LINE吧，路上小心。」

謝子晏對我揮手，我坐進車子後座，也向他揮手道別。

直到計程車轉彎，我才傳訊息告訴席奕寧這件事，她一副不怎麼感興趣的樣子，只問了爲什麼我要自己去偷看而不揪她。

「我不要，妳太衝動了。」要是她衝去跟對方打架，那不是更糗了。

「妳去偷看代表妳還是很在意啊，別管面子或難不難看了，就帶譚皓安一起去同學會吧，氣死他們。」席奕寧的語氣分明就是想看好戲。

以譚皓安的個性，他準會藉機修理我，所以我說什麼都不會開口邀他。

我打哈哈帶過這個話題，把手機放在一旁，沒來由地想起自己還欠了譚皓安一百塊。

#

「既然校慶活動已經選擇了『心事室』，那大家可以開始分配工作了，共有道具組、宣傳組、聆聽組、收錢組跟維護秩序組，每個人都要參加，所以有意願參加哪個組別就快說，先搶先贏。」白時凜意興闌珊地擺擺手，如此缺乏幹勁的人到底爲什麼會當上班長啊。

「書海，妳要選哪一組？」房之羽興致勃勃地看著我，表情寫著：選輕鬆的那組吧！

「我才不要跟妳選同一組。」

「啊？爲什麼？」房之羽大喊。

「因爲妳會把事情推給我做。」我聳聳肩，不留情面地指出事實。

她朝我吐舌，卻也沒有反駁，果然是打算要這麼做。

「華佑惟應該要去聆聽組吧，他很適合。」班上有人提議，其他人紛紛贊同。

「柯喻宸去收錢組好了，她是女神，負責站在那裡招攬客人。」又有人提議，一票親衛隊大聲附和。

「那譚皓安不能去宣傳組，因爲會把客人嚇跑。」我打趣道，講完還哈哈大笑。

譚皓安瞪了我一眼，那根本是惡魔的表情啊！

「譚皓安適合去宣傳組，就這樣決定了。」白時凜轉身在黑板上寫起字來，將譚皓安的名字塡入了宣傳組，華佑惟、柯喻宸則各自分屬聆聽組、收錢組。

「太好了，書海，我們又有話要聊了。」譚皓安微笑，周身洋溢著地獄氣息。

「欸，是白時凜分派的，又不是我！」我大聲抗議，但沒人理我。

然後就在我沒注意的時候，我的名字被寫進了聆聽組。

「爲什麼！」我趕緊舉手。

「妳需要聽聽別人說的話，大小姐。」譚皓安冷冷地說，看樣子是他提議的。

「這樣我們就一組了，書海。」華佑惟溫柔的話語就像空氣清淨機一樣，能夠過濾掉全部的不愉快。

「太好了，跟你一組可以撫慰我的心靈。」我很開心。

「我是道具組耶，爲什麼會被分派到事情最多的一組！」房之羽在一旁抗議，「書海，跟我換。」

「我不要。」仔細想想，聆聽組是最輕鬆的，只要坐在黑布後面聽人說話就行了。

「聆聽組記得到時候要在傾訴者面前發誓，絕對不會把聽到的事說出去，否則必死無疑喔。」白時凜在講臺上正經八百地說出了非常恐怖的話。

「大哥，你不會用詞太重了嗎？必死無疑耶！」我覺得有點可怕。

「當然要這樣，不然誰會來光顧！聽人家說祕密，發個這點程度的誓不算過分吧！」白時凜的笑容很腹黑。

不，看來我承接下最難的工作了，倘若聽到有趣的八卦卻不能分享給朋友知道，豈不是家門不幸嗎？

「放心，我們絕對守口如瓶。」

聽到華佑惟乾脆地一口應下，我邪惡的思想彷彿被他淨化過一遍，覺得要替顧客保守祕密也不可惜了。

下課的時候，我正準備和華佑惟討論聆聽組的工作要注意什麼，但房之羽鬧完我後又來打擾華佑惟，嚷嚷著說要交換組別。

白時凜覺得受不了，直接吼了句：「房之羽妳根本守不住祕密，別害人害己。」

結果房之羽被他那樣一吼，居然眞的就閉嘴了，只是雙頰鼓得高高的，看起來十分生氣。

我和華佑惟對望一眼，聳了聳肩，都不表示意見。

華佑惟笑著對我說：「我建議妳開始看一些心理相關的書籍，好自我調適。」

「自我調適？」

「因爲不確定來『告解』的人會說什麼，有可能是一些對當事人自己事關重大，但對旁人毫無意義的事，也可能是一些很令人難過，甚至是感到害怕的事。其實傾聽者就像垃圾桶一樣，會接受很多負面情緒，所以當然要自我調適。」華佑惟輕柔的嗓音聽在耳裡好舒服。

「你絕對是一個很好的傾聽者。」我有感而發。

「是嗎？謝謝妳。」他不好意思地笑了笑。

「但書海並不是個很好的傾聽者。」

出現了，這個冰冷的聲音出現在我的後方。

我小心翼翼地回頭，譚皓安正居高臨下地俯視我，雙手環抱在胸前。

「這不是我的錯，我明明是說你不能去宣傳組，是白時凜指派你去的！」這一次我可是無辜的！

「如果不是妳提醒他，他會這麼做嗎？」譚皓安再次露出可怕的微笑，大手壓在我的頭蓋骨上。

「不然我們交換吧，譚皓安？」房之羽手掩著嘴，一邊小聲說著，一邊偷瞄白時凜，深怕被他發現。

「也可以。」譚皓安幾乎沒有猶豫，一口答應下來。

「不行。」白時凜神出鬼沒，忽然湊過來搖晃手中的表單，「我現在要把工作分配表交給老師了，房之羽妳就死心去做道具吧。」

「痛苦！」房之羽趴倒在桌上唉聲嘆氣。

白時凜沒有絲毫動搖，臉上露出一抹極其冷靜的微笑，便離開教室。

「那才叫魔王好嗎？」譚皓安冷冷吐槽。

我不由得暗驚，他怎麼知道我在心中喊他魔王？

「妳在想什麼都會表現在臉上。」譚皓安瞇眼審視我，「妳眞的該好好地聽聽別人說話。」

我一臉狐疑，望向華佑惟：「我沒在聽人說話嗎？」

「有啊。」華佑惟也聽不懂。

譚皓安搖頭，沒打算解釋，掉頭走開。

「之羽，我沒在聽人說話嗎？」我看著趴在桌上生不如死的房之羽，但她只顧著哀號，看起來才像是沒在聽人說話。

「譚皓安時常會說出一些難懂的話。」我皺起眉頭。

「皓安是個聰明的人，他會這麼說可能有他的用意。」華佑惟歪了歪頭，還在幫譚皓安找理由，眞的是個大好人。

「別理他了。你剛提到我該看一些心理方面的書，那有比較推薦的嗎？」

「我明天把書帶過來借妳吧。」一講到書，華佑惟就顯露出極大的興趣。

「不用了，我今天放學後去書店買就好了。」我說。

「也可以，不然我們放學後一起去書店吧。」

「好啊，順便吃冰。」一想到吃的我就開心。

「啊，道具組還要約時間去買東西，好麻煩，應該要多設一個採購組的！」房之羽猛地抬起頭，馬上拿起手機將這個想法傳訊息告訴白時凜。

沒多久，白時凜回訊息了。

「妳眞是太機靈了，那道具組再分出個小組負責去買東西吧，就妳好了，不過如果道具組的事做不完，妳還是要幫忙。」

「可惡，結果現在落在我身上的工作反而變得更多了！」房之羽怒吼，氣得差點摔手機。

「放學後妳要跟我們去書店嗎？」華佑惟好心地問。

「靠，不要啦，煩死了，我要回家。」房之羽把氣出在可憐的華佑惟身上。

「不要理她，我們自己去就好。」我小聲對華佑惟說。

華佑惟看起來有些不知所措，我對他擠眉弄眼，示意他不必理會已經失去理智的房之羽。華佑惟就是人太好，才會希望大家都能開開心心的，雖然大家都開心很好，但換作是我才不管那些呢，自己的事更重要。

「所以說，那個冰眞的很厲害！」我拿出手機，找出了那間等一下要去吃的冰店地圖，我之前和席奕寧吃過一次，驚爲天人。

「好啊，那我們就去吃。」

我眞好奇有什麼事是華佑惟會說不好的。

放學後，我立刻收拾好書包，喊著華佑惟的名字催促他趕緊出發，房之羽仍在要死不活地垂頭喪氣中，我用力拍了她兩下肩膀，算是安慰兼道別。

「拜拜。」

「聆聽組的人別跟我說話。」她這叫做遷怒。

「我們要去買有關心理學的書了，各位，祝我們順利吧。」我朝班上所有同學舉手敬禮。

白時凜一臉不屑，擺擺手示意我們快走。

「白痴，以爲看一兩本心理書就會懂別人心中的傷口嗎？」譚皓安講得很小聲，但我還是聽到了。

「什麼意思啊？」我反問，可是他並沒有理會我的疑問。

我正想上前問個清楚，華佑惟卻拉過我：「再不去會太晚回家。」

「喔，好。」離開教室前，我又回頭望了譚皓安一眼，他坐在自己的位子上，慢條斯理地收拾書包。

那身形看起來有股說不上的單薄感。

我和華佑惟穿過馬路，繞進小巷，再往天橋上走，那間規模不小的書店離學校頗有段距離，而冰店就在書店附近。

「這好像是我們兩個第一次放學後一起行動耶。」平時都是四人結伴同行，不然最少也會有三個人。

「對啊。」華佑惟看起來有些扭捏。

「眞是不可思議。」我感嘆。

「因爲妳以前有男朋友，所以下意識地不會和異性單獨相處吧。」華佑惟秀氣的手指抓緊了書包背帶。

「我有嗎？」我沒覺得自己有特別這麼做。

「我覺得有，妳可能也不是刻意爲之，只是下意識這麼做，至少我們沒有單獨一起出去過。」

「是佑惟媽媽你介意的關係吧，譚皓安就都沒在care的，我記得我有跟他一起買過東西呢。」

華佑惟眉頭輕皺，有些嘆息，「那個，我可以問妳和妳男友的事嗎？」

「前男友。」我糾正他。

「前男友。」他垂下頭，「對不起。」

「不用道歉，幹麼道歉？」我輕咬下唇，「他劈腿了，就是那樣。」

「妳一定很難過。」

「那是當然的，不管怎麼說，都是劈腿的人有錯，但房之羽和譚皓安都說我也有問題。」我覺得既委屈又不甘心，「我是哪裡有問題了？」

「妳當然沒有問題，無論如何都是先背叛的那個人不對。」

果然只有華佑惟會站在我這邊，我需要的就是這種溫柔。

「對！就是這樣，我才沒有錯！」我點頭，指著出現在前方的書店招牌，「到了，就在那裡。」

然後拉起華佑惟的手往書店跑去。

我已經很久沒有逛書店了，心情莫名興奮，到書店買書讓人有種自己很有文化的感覺，尤其我要買的又是科普書。

信步走到心理保健區，架上清一色陳列的都是我平常不會看的書，光站在這裡，我心中就雀躍不已。

「我特別推薦這一本，或者妳可以看看這個作者寫的書，她是心理醫生出身，單純閱讀她筆下的文字，就會有種被治癒的感覺。」華佑惟認真地為我介紹他看過的書籍，並分享優缺點。

他說得仔細，我卻愈聽愈茫然，好像每一本都該看一下，也都有興趣閱讀，所以只要是他提到的書，我統統丟進手上的購物籃。

「等一下，妳全部都要買嗎？」華佑惟見我提的購物籃中至少裝了十來本書，驚訝地問。

「是呀，因爲每一本聽起來都很棒。」

「但是書價不便宜，妳這樣……」

「放心，我買得起。」我愉快地哼歌，提著購物籃往結帳櫃臺走去，手上卻忽然一輕，華佑惟接過了我的購物籃。

「我拿吧。」

「很重。」

「所以才我拿。」他理所當然地說，頓時讓我覺得心頭一暖。

「你眞體貼。」我對他漾起笑容。

「沒這回事。」他不好意思地搖頭。

「要是當你的女朋友一定會很幸福。佑惟，你有喜歡的人嗎？」

「這……是祕密吧。」

我睜圓眼睛，「這麼說就代表一定有嘍，是誰？爲什麼我從來不知道？」

「唉唷，輪到妳結帳了。」他將購物籃放到櫃臺上。

被他逃掉了這個話題，我從皮夾裡拿出兩張千元鈔票遞給書店店員結帳。

「哼，不說就算了，小氣。」手上提著裝滿書的提袋，我仍然有點不高興，對華佑惟哼了聲。

他再次接過我手上的提袋，並說：「我請妳吃冰。」

「不用啦，我自己付就好，佑惟你把零用錢留著吧。」我想了一下，「而且應該是我請你才對，你還特地陪我來買書呢。」

「這又沒什麼。」他低聲嘟囔，看起來像在鬧小彆扭。

那家好吃的冰店就在書店對面，今天很幸運，店裡的客人不多，不用排隊，我們各點了一個豪華冰，然後上演了一場爭搶結帳秀，最後由我獲得勝利。

「不要這麼搶……」他端著托盤，聲音小得跟蚊子沒兩樣。

「就說了，你陪我過來買書，這是謝禮。」我四處張望，見到角落有座位，趕緊跑過去坐下。

華佑惟比剛才在書店顯得更悶悶不樂了，但我問他怎麼了，他卻說沒事。

我無奈地聳肩，既然他說自己沒事的話，就當作他沒事吧。

不過等到他嚐了一口豪華冰後，表情變得柔和許多，還發出讚歎：「這眞好吃。」

「沒錯吧！就說這間店很厲害。」我洋洋得意道，眼角餘光瞄見有個穿著藍色水手服的女生正在東張西望，我趕緊舉手喊她：「席奕寧！」

她狐疑地尋找聲音的方向，一看到是我隨即瞪大眼睛跑了過來，手上的聖代冰淇淋搖搖晃晃，差點打翻。

「妳怎麼會在這裡？」她很訝異。

「妳才是勒，為什麼一個人來吃冰？居然沒約我！」我把裝滿書的提袋從椅子上拿起來放到腳邊，騰出一個空位。

「我是臨時起意過來的，想說這個時間妳應該回家了。」她坐了下來，覷了一眼華佑惟後問我：「這位是……」

「啊，華佑惟，她就是我跟你提過的，我的國中好友席奕寧。」把席奕寧介紹給華佑惟後，我再把華佑惟介紹給席奕寧，「這位是我們班的好好先生，他叫華佑惟。」

說完，我不忘挖了口席奕寧的冰淇淋放進嘴裡。

「好像有印象，他也是你們那一群的對吧？」席奕寧一邊不客氣地將湯匙朝我的豪華冰伸來，一邊對華佑惟說：「沒想到綠茵這麼誇張，除了譚皓安外，連你都這麼帥氣。」

我在桌下踢了席奕寧一腳，這種花痴的話不要在我朋友面前講好嗎！

「妳認識皓安？」華佑惟問。

「她參觀過上學期校慶，被譚皓安俊俏的外表騙了，迷戀他得很。」當時我甚至懷疑就是她偷走了譚皓安的外套。

「妳改天讓我看一下你們全班的合照好了，說不定還有很多我沒發掘的帥哥。」席奕寧說得很理所當然，我回送她一個白眼表示不屑。

「皓安大概是全校最受歡迎的男生了，沒有人比得上他。」

華佑惟這句話聽起來不知怎地有點寂寞的意味。

我和席奕寧對看一眼。

她聳聳肩，飛快接話：「話不是這麼說，每個人都有自己的優缺點，也都會是某些人的菜，所以根本不需要比較。你很帥氣，你的長相完全可以走花美男路線，這種類型現在可是很吃香呢！」

我都不知道原來席奕寧如此能說會道，怎麼就不見她在我傷心或沒自信時對我說這些話呢？

聞言，華佑惟露出一個超棒的笑容。

我還是第一次看到他露齒微笑，當下真有點被他電到了。

然後席奕寧眼睛盯著他，抓住我的手腕急切地問：「他怎麼樣？」

我不知道她這句話是什麼意思，有點茫然地看向她。

席奕寧給了我一記無奈的眼神，隨即又熱烈地盯著華佑惟看，語氣中難掩興奮：「他很不錯耶，妳帶他去同學會如何？」

「不要啦！」我終於明白席奕寧在打什麼主意。

「妳說譚皓安是魔鬼，那帶個天使過去總可以吧？華佑惟感覺很不錯，跟妳相處愉快，帶出去又有面子。」席奕寧這個人太過直接了，居然當著華佑惟的面就講了出來。

「怎麼了？發生什麼事了？」華佑惟好奇地問。

席奕寧也沒想過徵詢我的同意，便滔滔不絕地說起國中同學會的始末，還順便告訴他，我跑去前男友的學校偷看他的新女友。

「席奕寧，妳眞的很大嘴巴。」我用力踩她的腳。

「華佑惟是妳的好朋友吧，好朋友本來就應該互相幫助啊。」席奕寧覺得她並沒有錯。

「我願意幫忙，但是書海，妳想要我去嗎？」華佑惟就是一個如此貼心的人，不論什麼事，他一定都會先確認當事人的意願。

「老實說，我不知道。」我低頭揪著自己的制服裙角，「我曾想過如果可以帶一個人去，讓他們知道我並不孤單，好像會比較有底氣，但我又不想眞的這麼做，覺得不太好。」

「爲什麼不太好？」華佑惟柔聲問。

「別人可能會覺得我是因爲被甩了，才故意帶一個男生過去。大家會看我的笑話。」我的頭愈垂愈低。

「那也沒關係，別人怎麼想是他們的事，妳自己怎麼想最重要。」華佑惟的語氣好柔軟，好像無論我做什麼決定，他都會無條件支持我一樣，十分令人安心。

「那，華佑惟，你願意陪我去嗎？」我抬頭看向他。

他微笑，「當然沒問題。」

我爲何會直到現在才發現，華佑惟長得這麼可愛呢？

「『心事室』的告解時間有限制嗎？」房之羽大聲問，她負責繪製其中一張宣傳海報。

「最長十五分鐘，這樣可以吧？」柯喻宸正和負責收費的組員討論顧客訴說心事的時間長短該怎麼設定，以及該收取多少費用。

「如果後面沒人排隊，就可以選擇加錢延長。」白時凜一邊說，一邊幫房之羽負責的海報塗上顏色。

「是不是需要變聲器？」譚皓安提出的問題讓大家一愣。

「又不是柯南，要什麼變聲器？」我哈哈大笑，不管他講什麼，我都要吐槽回去就對了。

「妳想想，就算中間隔著一塊布簾，看不見彼此的臉，但是大家都在同一所學校就讀，憑藉著對方的聲音、語氣以及所提到的內容，是不是就有可能推斷出對方是誰？這麼一來，大家必定會有所顧慮，不願來參加這個活動，如果只能招攬外校人士，生意必定非常慘澹，大概連本錢都賺不回來。」

譚皓安一口氣講這麼多，目的明確，就是在計較成本，真是個勢利眼，好吧，在這種時候應該要說他精打細算。

「之前的確沒考慮到這點，但變聲器最便宜的一個也要一百多塊，我們有四間聆聽室，每間配備一個的話就要花費將近七百塊……不太划算啊。」白時凜迅速在購物網站上查好價錢。

「那麼麻煩幹麼，用手機APP就好啦，現在有變聲APP，很方便的。」房之羽說出了她這一年來最好的建議。

「好，那就這麼決定，鼓掌通過！」白時凜一說完，全班還眞的拍起手來，連手上拿著水彩筆的同學都跟著拍手，結果顏料沾到旁邊的人臉上，好蠢。

我撇了撇嘴，開始看起一本上次在書店買的心理學相關書籍，想著沒事來做做功課好了。

「書海。」過了好一會兒，坐到我前面的華佑惟忽然輕輕推了推我的手。

「啊，怎麼了？」我回過神，有點茫然地抬頭看他，見他神色好笑，應該是已經叫了我好一陣子。

「妳看得好專心。」他笑著打趣。

「是呀，這本書意外地滿有趣的，你看這個，『羅密歐與茱麗葉效應』，我之前從來沒聽說過呢。」我把書轉向他。

華佑惟看了下，露出理解的微笑，「其實人類的許多行爲都可以用科學解釋，就像古代的諸多禁忌，只不過是知識還不夠發達，讓人們誤解了。」

「嗯，原來是這樣呀，謝謝你推薦我這些書。對了，你找我有什麼事？」

他壓低聲音，「妳還沒有告訴我同學會確切的時間地點，不是在這禮拜六嗎？」

「啊！對喔，我看書看得太入迷，都忘記了。」我打開手機，把時間、地點傳過去給他。

「沒問題，那就先和妳約在捷運出口碰面。」華佑惟看了眼手機，會心一笑。

「好，啊，這件事要請你保密喔。」我提醒他。

「爲什麼？」他有些疑惑，但又好像有點開心。

「因爲……這件事我不想被譚皓安知道，不然他一定又會說出難聽的話。」連我被前男友劈腿他都能叫我反省自己，要是他知道我帶華佑惟一起參加國中同學會，肯定又會尖酸刻薄地罵我很無聊、小心眼之類的。

「妳對皓安……」

我挑了挑眉，示意華佑惟把話說完。

「沒什麼。」他卻打住這個話題。

「幹麼話只說一半？」我皺眉，「對了，那天席奕寧沒嚇到你吧？」

「沒有，妳的朋友很有趣。」

「我的朋友都很有趣，你看房之羽就知道了。」我忍不住竊笑，看向坐在旁邊的房之羽，她正雙眼發直，拿著畫筆放空。

白時凜瞥了她一眼，壞心眼地拿水彩筆往房之羽的臉上畫下一撇，而房之羽恍然不覺，直到他畫下第二筆才回神。

「你這個白痴，幹麼啦！」房之羽氣得站起來大吼。

「妳發什麼呆，再不快點畫完海報，趕得及下禮拜交給教務處嗎？」白時凜話說得嚴厲，但臉上的表情卻沒繃住，笑得愉悅極了。

全班看見房之羽的臉後也跟著哄堂大笑，沒辦法，誰叫壞心的白時凜竟在她臉上寫了一個不大不小的「十」字。

房之羽怪叫著衝到教室外的洗手臺洗臉，回來後故意把手上沒擦乾的水珠往白時凜臉上甩，然後兩人開始在教室打鬧追逐，不知道是誰還一腳踢翻了水桶，嚇得其他負責繪製海報的人趕緊護著自己的海報，深怕遭受池魚之殃。

「統統停下來！你們在搞什麼！」柯喻宸受不了，起身怒斥。

聞言，白時凜有如當頭棒喝，頓時止住腳步，扶額搖頭反省：「我不該跟著起鬨。」

「靠，你自找的，活該。」房之羽大步走回座位，埋首畫圖大業。

房之羽人長得漂亮，個性卻有些呆萌，絲毫不在意形象，老實說一點也不像是個家世驚人的千金小姐，不過也因爲她是如此自然不做作，我才會和她成爲朋友吧。

「那我去幫其他人的忙。」華佑惟起身往海報組走去。

即便隸屬於聆聽組，華佑惟還是會主動協助其他組別的工作，不得不說他人眞的很好。

我本想繼續看書，誰知譚皓安隨即在華佑惟原先的位子上坐下，我立刻警戒地將雙手護在臉前，大聲問：「你想幹麼？」

「妳看的這些是什麼東西？」譚皓安翻看我的書封，露出了嫌棄的神情。

「停！閉嘴，這可是華佑惟推薦給我的書，你罵我就等於罵他！」我決定先發制人。

「佑惟看這些書很正常，妳看這些根本就是浪費，妳該不會還買下來了吧？」

「哪會浪費？在看這本書之前，我從不知道什麼叫做『羅密歐與茱麗葉效應』，看過後我就懂了。你呢？你知道那是什麼嗎？」我得意洋洋地現學現賣。

「如果父母或旁人愈是反對某對男女交往，阻撓愈多，反而會使他們愛得愈加炙熱，關係也更形牢固，然而一旦阻力不復存在，這份戀情也許反倒會降溫。這是因爲根據心理學家研究發現，愈是難以到手的東西，對人們來說愈是珍貴，也愈具吸引力。」譚皓安流暢地一口氣說完。

我瞪大眼睛，「你怎麼會知道！」

「這誰不知道？不是常識嗎？」他兩手一攤。

最好大家都知道，我不服氣地站起來大喊：「有人知道『羅密歐與茱麗葉效應』是什麼嗎？」

「我只知道李奧納多在電影中演的羅密歐超級帥。」房之羽舉手發言。

而其他人要麼不想理我，要麼就是聳肩表示不知道。

華佑惟原本想要回答，但我對他搖搖頭，示意他不要作聲。

「OK，妳把手放下。」我對房之羽說，接著坐下來得意地看著譚皓安，「這種事一般人才不會知道，譚皓安，你腦袋到底裝了些什麼啊？」

「裝了知識。」他說出了異常欠揍的話，「妳說這本書是佑惟推薦的，該不會你們還一起去書店吧？」

「是啊。」

他一臉了然，嘆著氣問：「不要告訴我妳一次買了很多本。」

「是買了很多本沒錯，因爲佑惟介紹的每一本我都喜歡，就決定全買回家看了。」我的記性不錯，一一背出那十幾本書的書名，還報出總共花了多少錢。

譚皓安臉上的表情越見冷漠，「所以我說，妳該聽聽別人說話。」

我的滿腔怒火再次被他挑起，「我哪有不聽別人說話？別人說話的時候，我從來不會亂插嘴，也不會隨便打斷！」

「我說的不是那種，而是這裡。」他用力比向自己的胸口，「用心觀察別人，妳這個笨蛋。」

「你在說什麼?我哪沒有，你說個明白啊!」

「不需要，如果有些事要我挑明妳才懂，只能證明妳就是一個白痴!」

「為什麼又無緣無故罵我?還有你那天說的話是什麼意思?」

「什麼話?」他蹙眉，不明白我在說什麼。

「就是買書那天，你不是說不會因為讀了幾本心理書就可以理解別人的心病嗎?」

我重複他說過的話，只見譚皓安鬆開眉頭，嘴唇微啓，似乎想起來了。

不過他沒有多做解釋，恢復一貫冷酷的表情，「妳連別人的心裡話都聽不懂，還管什麼心病?」

「我現在不就在問了!」我氣得站起，但譚皓安根本不在乎，起身就要離開，我迅速拉住他的手。

「不說清楚就不讓你走!」

「妳攔不住我的。」他用另一隻手輕而易舉地掙脫我，「我再問妳一次，難道被劈腿的人就沒錯嗎?」

他這句話說得太過分了，怎麼可以在我的傷口上撒鹽!我的眼淚被他冷酷的話逼了出來，忍不住放聲大哭。

譚皓安嘆了口大氣，卻絲毫沒有安慰我的意思，還用手摀住雙耳，找了個離我頗遠的座位坐下。

「哇，又哭了。」房之羽一副事不關己地說，然後偷偷溜出教室，想避免安慰我的麻煩事。

「現在很忙，妳晚點哭啦！」班上一個沒良心的同學這麼說，更過分的是，竟然眞的沒人願意關心我。

「譚皓安，不要選這時候惹她好不好？」柯喻宸露出無奈的表情。

為什麼大家都把我的傷心哭泣視作一件麻煩事？我明明很可憐！

「好好好，不要哭。」華佑惟趕緊跑到我身邊，拿著手帕替我擦眼淚。

「佑惟，譚皓安他欺負我，還說了很過分的話。」我終於找到可以依賴的對象，連忙抽抽噎噎地向他數落譚皓安的不是。

譚皓安完全不在意，聞言也只是翻了個白眼，便繼續讀他的書，明明他也是宣傳組的成員，卻沒幫忙做事，我唾棄他！

「別哭了，眼睛腫起來就不好看了，我們去洗洗臉好嗎？」華佑惟的嗓音這時顯得格外溫柔。

他的溫柔，是這時的我最需要的。我吸了吸鼻子，輕輕點頭。

接著他牽起我的手，往教室外頭走去。

後來，我一整天都不理會譚皓安，但事實上他也沒搭理我，和其他人有說有笑，彷佛不曾與我爭吵過。

我氣他那不在乎的神情，因爲這表示他並不將這件事放在心上，更氣他數落我的舉動。

於是我將種種不滿再次發洩於日記中，裡面寫滿了對譚皓安的唾棄，我心中卻忍不住期望著，也許明天我們就沒事了。

#

終於到了禮拜六，這天我特地起了個大早，先去美容院打理頭髮，再回家仔細對著鏡子上粉底、塗睫毛膏，爲自己打造時下最流行的透明妝感，接著噴上清新的花果基調香水，穿上可愛的連身洋裝，等確定全身上下都完美得毫無破綻後，才出發去搭捷運。

我的心跳有些快，這其中固然有待會要和孫孟楷狹路相逢的原因，也因爲我將與華佑惟碰面。

不知道爲什麼，這幾天我總會想起他那天溫柔地牽起我，帶我走出教室的舉動。明明爲我擦掉眼淚，再帶我去廁所洗臉，這種事他不知道做過幾百次了，但唯獨這一次，我起了特別的感覺。

大概是因爲他牽了我的手吧，嗯，其實也不算牽，就是握住我的手腕。他以前不會這麼做的，是因爲我這次哭得太傷心了嗎？

我左思右想，唯一能想到的理由是當時譚皓安對我很過分，而華佑惟則完全相反，所以才令我感覺如此不同吧。

抵達目的地的捷運站後，我走到約定的出口，看見華佑惟穿著一件清爽的藍色格子襯衫，站姿筆挺，頭髮烏黑細軟。

我注意到不少經過的女生都會多看他一眼，再次意識到他的長相確實清秀得引人注目。

「書海。」他發現我，對我揮了揮手，露出微笑。

看著那樣的他，我心中忽然有種莫名的感覺，嘴角的笑容微微僵滯。

「嘿，有等很久嗎？」我覺得自己好像不太敢直視他的眼睛。

「我剛到。」他打量著我，「妳今天穿得很可愛。」

「啊？」

我嚇一跳，沒料到他會稱讚我，不，他好像一貫如此，只是我以前不在意，聽過即忘。

「謝謝，你也很好看啊。」結果害我回了奇怪的話。

「我等會兒該怎麼做？要說些什麼嗎？或是有什麼話不能說嗎？」在前往同學會的路上，他不斷問我。

「做你自己就好了。」最後我這麼說。

原本的他，就是最好的模樣。

「真的嗎？原本的我就很好了？難道不需要表現得特別優秀也可以嗎？」華佑惟急切地問我。

「是呀，華佑惟，你怎麼了？」見他有些反常的模樣，我不禁反問。

他一愣，隨即搖頭，露出他專有的微笑，「沒什麼，那我知道了。」

他大概也很緊張吧。

「在這邊！」遠遠地就看見站在一間餐廳前面大力揮手的席奕寧。

我們快步越過馬路，走近那間餐廳。

席奕寧今天也經過盛裝打扮，她一面用手搧風一面說：「今天真的好熱。我剛看了一下，大家幾乎都到了，包括那兩個人。」

我心中一緊，她話裡指的那兩個人，應該就是孫孟楷和葉伊澄吧。

「做好打仗的準備了吧，華佑惟？」席奕寧向華佑惟投去意有所指的一眼，一副進入備戰的姿態。

「啊？」華佑惟有些慌張地朝我看來，他一定在想怎麼跟我剛才說得不一樣。

「奕寧，別鬧了，我要他做自己就好，所以他今天是以我們的朋友這個身分過來的。」我認真地說。

「少笨了，誰會帶普通朋友來參加同學會，好歹也要是曖昧對象。」席奕寧竊笑。

這下子我才意識到自己有多蠢，我漲紅了臉，趕緊向華佑惟道歉：「我不是那個意思，造成你的困擾了，如果你現在要走的話也沒關係……」

「為什麼要走？」華佑惟抓了抓後腦杓，露出一個真誠的淺笑，「我都來了。」

「但這……」不會太勉強你嗎？你不是有喜歡的人嗎？

「好啦，別龜毛了，走吧！」席奕寧兩手分別放到我和華佑惟的背上，推著我們走進餐廳。

一踏入餐廳，強烈的冷氣迎面而來，頓時暑氣全消。

席奕寧挑了挑眉：「前面的包廂就是了。」

我深吸一口氣，警惕自己保持微笑，態度要從容大方。

走進包廂，眾人的視線不約而同全落到我身上，先是安靜了數秒，然後才有人尷尬地發話：「書海，歡迎，妳是最後一個到的！」

「好久不見！妳變得好漂亮。」

儘管大家紛紛向我打招呼，但氣氛仍難掩尷尬，我也無法做到真正的坦然，只能乾笑著一一回話。

席奕寧動作俐落地幫我和華佑惟找好位子坐下，並替我們各倒了一杯果汁。

席間有人注意到華佑惟，好奇地問：「這位是誰呀？」

我盡量克制自己的眼神看向前方，不要刻意尋找孫孟楷的身影，卻不斷感受到一股來自右方的尖銳視線。

「這是華佑惟，書海班上的同學。」席奕寧不等我發話，率先把華佑惟介紹給大家認識。

華佑惟害羞地低下頭，耳朵染上了豔麗的紅色，一副手足無措的樣子。我狠狠瞪了席奕寧一眼，心裡琢磨著該如何幫華佑惟解圍。

「這是爲了妳好。」席奕寧走到我身畔，彎腰用氣音在我耳邊低語：「先發制人，總比場面被孫孟楷他們控制住來得好吧？」

感謝妳的用心良苦，但不能先知會我們一聲，好讓我們有個心理準備嗎？

我正要開口，卻見華佑惟將頭抬起，雙拳雖仍緊握，不過臉上已然掛上淺笑，落落大方地迎向眾人的目光。

「我是書海的高中同班同學，謝謝你們國中時期照顧書海了，她在我們班上很愛哭，不知道她國中的時候是不是也是這樣？」

所有人都驚訝於華佑惟的前後差異，一時之間全傻愣愣地盯著他看。

「她那時候就很愛哭喔，還很愛鬼叫。」站在我身後竊笑，並且第一個回答的就是席奕寧，她顯然很滿意大家的反應。

「如果是書海的同班同學，我記得書海念綠茵高中對吧……哇，那你一定也是有錢人家的大少爺！」

不知道是誰先說了這句話，但這句話是錯的，就讀綠茵的學生並非每個人都是千金小姐或世家少爺，至少華佑惟不是。

不過現在這種情況，也許不要出聲反駁比較好。

尤其，當我看見大家露出羨慕的神情，我也終於可以自信地往右邊看去。

孫孟楷表情古怪，很有些咬牙切齒，葉伊澄則穿得十分可愛，卻稍嫌暴露，臉上的妝容也因為打扮而帶點廉價的風塵味。

「我不是……」華佑惟正要開口。

「佑惟是知名連鎖商店老闆的獨子喔。」我連忙打斷，並搶著接話。

華佑惟家以前是開雜貨店的，但聽華佑惟說現在他家改營麵店。

我一時情急，把譚皓安的家世套在華佑惟身上，唯一不一樣的是譚皓安並非獨子，而是么兒。

華佑惟有些驚訝地扭頭看我，我在桌底抓緊他的手繼續說：「而且佑惟的成績非常好，他在我們學校的入學考試考了前三名，很厲害喔。」

這就不是謊言了，我口沫橫飛地不斷炫耀華佑惟有多優秀、在學校有多受歡迎。

忽然間，我腦中浮現一個念頭：幸好我今天帶過來的是華佑惟，如果是譚皓安，他絕對不會允許我這樣胡說八道，他會立刻掉頭就走，一點面子都不給我。

也不知道是不是因為我吹捧太過，導致大家對華佑惟很感興趣，一直追著他問問題，但好在他是個聰明的男孩，即便面對這種情況也應對如流。

我不禁露出驕傲的微笑，斜眼覷向葉伊澄和孫孟楷。

這時我才發現，他們的注意力已經沒有放在我和華佑惟身上了。

孫孟楷正和他國中時的好友聊得十分忘我，坐在一旁的葉伊澄笑盈盈地側耳傾聽，卻失手打翻果汁，孫孟楷眼明手快地把她往後拉，但還是有果汁濺到她白色的短裙上。

「小心一點。」孫孟楷一邊柔聲囑咐，一邊拿起紙巾替她擦拭，順手把桌面也擦乾淨了。

「怎麼辦？要不我去洗手間洗一洗好了。」葉伊澄皺眉。

「我跟妳去吧。」孫孟楷正要起身，葉伊澄卻抓住他的手臂，對他搖頭。

「你和朋友繼續聊天吧，我自己去就可以了。」她微微一笑，起身朝門口走去。

在她經過我身邊時，我注意到她瞄了我一眼，眼中沒有敵意，只純粹帶著幾分好奇。

等到她步出包廂，席奕寧立刻湊到我耳邊低語：「我還以為她會發飆呢，眞是奇怪。」

我深以爲然。

「我也要去洗手間。」

「要不要我跟妳去？」席奕寧問，眼中閃爍著興味。

「不了，我自己去就好。」說完，我也離開了包廂。

我不知道自己想做什麼，或許我只是想問問葉伊澄，爲什麼她要當小三？爲什麼要在電話裡對我說出那些難聽的話？爲什麼要破壞別人的感情？

奇怪的是，我此刻的心情異常冷靜，連呼吸都平穩無比。

我依循著指示牌找到洗手間，裡頭有三間廁所，我靜靜地站在洗手臺前等待。

當葉伊澄從中間的廁所推門走出來時，見到是我，明顯嚇了一跳，但很快恢復鎮定，走向另一個洗手臺。

「妳……」我主動開口，葉伊澄透過洗手臺上方的鏡子與我四目相對，她毫無畏懼也沒有心虛，直勾勾地看著我。

「我知道妳想說什麼，妳想問我爲什麼要當小三？」她語氣平穩，低頭把被果汁弄髒的裙襬沾溼，再仔細搓揉，「我不認爲自己是小三，畢竟在我介入前，你們之間就大有問題了。」

這是何等荒謬的說詞？

我瞪向她，「沒有妳，我們就不會分手了。」

「沒有我，你們也會分手。之前孟楷告訴過我，妳有公主病，虛榮心很強，而且從不在乎別人的感受，當時我也沒當眞，因爲我知道男人都會找尋有利於自己的藉口，來減輕尚未分手就愛上另一個人的罪惡感。」

孫孟楷怎麼敢這樣說我？他不僅劈腿，還用這種謊言來汙衊我？

「可是我今天見到妳之後，就明白孫孟楷並沒有說謊，妳真的就是他說的那樣。」

葉伊澄冷笑。

「我才不是……」

「那個華佑惟，不是什麼知名連鎖商店老闆的獨子吧。」

她這句話讓我不由得一愣。

葉伊澄從一旁抽出幾張擦手紙，一邊按壓在裙襬上吸水，一邊說：「小時候我時常會去家裡附近的一間雜貨店，他是店主的兒子。雖然後來他家發生巨變，搬離了那裡，但我不會認錯人。」

當下，彷彿有什麼東西重重擊中了我，我因謊言被當面揭穿而無地自容，羞愧到渾身發抖。

「孟楷說妳是有錢人家的千金，所以我不怪妳，因爲妳和我們本來就生活在不同的世界裡。」葉伊澄把用過的擦手紙丟進垃圾桶，再次與我四目相對，「我承認不該喜歡有女友的男生，也承認自己對妳口出惡言，我可以針對這兩點向妳道歉。可妳不能眼中只看見別人的過錯，而不去檢討自己在與孟楷交往的過程中，是否有做錯了什麼？妳想過自己給了他什麼嗎？妳給他的是疼愛還是傷害？」

「妳有……什麼資格教訓我？」我簡直不敢相信，她竟然能如此理直氣壯地對我說教，小三碰上正宮，該心虛的人是她吧？

「憑孟楷選擇了我。」她驕傲地揚起下巴。

「劈腿的男人終究會再次劈腿，妳最後、最後也會落得被他背叛的悲慘下場！」我口不擇言地說，以爲這樣就能傷害到她。

豈料葉伊澄只是無所謂地聳肩，「或許吧，但是一段感情的消逝，問題不會只出在一方，雙方都有責任不是嗎？我不想說自己是聖人，可至少對妳，我現在問心無愧。才跟妳相處短短不過一個小時，我就能感受到妳的言行舉止令旁人有多自卑，更不用說與妳交往的孟楷了。妳連經歷過那種事的華佑惟都能那樣利用，還有什麼事做不出來？」

說完，葉伊澄不等我回答，逕自掠過我踏出了洗手間。

我的雙手無力地扶著洗手臺，全身不斷顫抖。

猛地抬頭，從鏡子裡我看見了什麼？

自以爲清新美麗的妝容？由頂級美髮師特別吹整過的髮型？身上知名品牌的當季新品洋裝？手上要價三萬元的鏈包？還是樣樣價值不菲的耳環、項鍊、鞋子？

我居然還好意思腹誹葉伊澄全身飄散著廉價的風塵味，那我自己呢？

用金錢銅臭堆砌出來的陳書海嗎？

洗手間的門忽地被打開，席奕寧一臉興奮地對我說：「他們回去了！葉伊澄和孫孟楷說他們有事要先走！」

我沒有作聲，席奕寧也沒察覺我的怪異，她開心地高舉雙手大喊：「這場仗我們打贏了！」

不，是我們輸了，而且輸得一敗塗地。

或者應該說，根本沒有什麼戰爭，一切全是我該死的自尊心、好勝心、不甘心作祟。

我從來沒有感到如此挫折過，心中酸澀難言。

也許，就像我堅持的，孫孟楷劈腿確實有錯，但我眞的問心無愧嗎？

「難道被劈腿的人就沒錯嗎？」

我想起譚皓安再三問過我的那句話。

#

回程的路上，席奕寧依然沒有發現我的異樣，她一直處於亢奮狀態，一廂情願地認爲我們今天掌控了全場，並且獲得勝利。

到了公車站，她向我與華佑惟道別，說今天會成為她記憶中難忘的一天。

我沒有告訴她，今天也會成為我記憶中難忘的一天，只不過是因為全然的羞愧。

我和華佑惟一同走進捷運站，進入月臺後，由於搭車的方向不同，正要和他道別時，他卻拉住我問：「妳怎麼了？」

「沒事呀。」我勉強地說。

「騙人，我能感覺到妳很不對勁。發生什麼事了？」

我還想繼續說違心之論，但忽然一陣酸楚上湧，令我難以啓齒，眼前蒙上一層薄薄的淚霧。

華佑惟趕緊找出手帕遞給我，我伸手接過並擦掉眼淚。他把我拉到一旁的長椅坐下，眼看捷運列車已經走了兩班，他卻始終坐在我身邊陪伴我，哪怕一句話也沒說。

經過的路人無不對我們投來或好奇或了然的目光，在他們看來，我和華佑惟大概很像吵架的情侶吧。

待我冷靜點後，才發現華佑惟一直關切地注視著我，雙手因長時間地緊握而漲紅，指甲深陷進掌心裡。

「妳沒事吧？有哪裡痛嗎？」他的聲音一如既往地溫柔，清澈的眼裡寫滿了明明白白的擔憂。

「總是只有你，可以察覺到我的難過。」我莞爾一笑，眼淚止不住地從眼眶溢出，

「很痛啊，大概是心痛吧。」

「我覺得這並不難察覺。」他像是鬆了一口氣，握緊的雙手終於鬆開，掌心裡全是指甲掐痕。

於是，我把那些令我羞愧的經歷統統告訴華佑惟，包括葉伊澄對我說過的每字每句，以及我感到自己有多麼糟糕的自厭情緒。

「不，妳不是她說的那種人。」

「我眞的不是嗎？難道她說的都是假的？」我淚眼矇矓地看著他。

「那些都是假的，妳是最棒的女孩，也沒有做錯任何事，她說的都是她的主觀認定，身爲妳的朋友，我從不覺得妳是那樣的人。」

我總是能從華佑惟身上得到撫慰，聽到他的認可後，我開始有點相信自己其實沒那麼糟糕。

「謝謝你，佑惟媽媽。」我抬手抹去眼角的淚水，「我以後不會再叫你媽媽了。」

「這眞是太好了。」他笑出聲。

又一輛捷運列車進站，颳起了一陣清爽的涼風，我看著他被風吹起的輕盈髮絲，與他相視而笑。

華佑惟的一切，都如此溫柔。

第四章

「學妹，妳們學校是不是快校慶了？」

上學途中，我意外收到謝子晏的訊息，趁著等紅綠燈的空檔，我趕緊回訊。

「不是校慶，是園遊會啦，就在這個禮拜六，歡迎學長來玩。」

「我搞錯了，哈哈。」

「學長要來嗎？」

「想去看看傳說中的綠茵如何，到時候方便見面嗎？」

「當然沒問題嘍，但是我要到下午兩點過後才有空，學長可以自己先逛逛。」

「好，那就星期六見。」

等我回覆完訊息抬起頭時，發現燈號早已換過一輪，現在又是紅燈了，真是的，只能等待下次燈號轉綠。

「跟白痴一樣。」

如此惡毒的話語，冰冷的聲音，不用懷疑，絕對是魔王譚皓安。

我扭頭朝聲源處看去，早晨的陽光從他那方照來，正巧被他的大頭擋住。因爲逆光，我看不太清楚他的臉，不過這樣剛好可以幫我遮擋烈日，他這個人的優點大概只有長著一張好看的臉和高人一等的身高了。

喔，還有成績，譚皓安的成績確實一向很不錯。

他或許是看穿了我心中所想，側著身體一閃，不幫我遮陽了。

「妳剛才呆站在路邊看手機的樣子很像智障，而且也很危險。」

「你管我，至少我不是邊走邊看手機。」我對他吐舌頭。

他不理會我的鬼臉，靜靜地站在路邊跟著我一起等紅綠燈。

炙熱的陽光毫不留情地照射大地，前方的斑馬線似乎都被曬得扭曲起來，如果這時有貓狗走在柏油路上，腳掌上的肉墊肯定會被燙傷的。

不過，我怎麼覺得陽光好像沒那麼刺眼了？

綠燈亮起，譚皓安往前大步一跨，我的眼睛馬上又被陽光刺得半瞇，才發現原來他剛才還是有意無意地替我遮住了陽光。

唉唷，好怪，他對我這麼好幹麼？一定有鬼。

「妳準備好了嗎？」譚皓安的問題我沒聽懂，見狀他又補上一句：「園遊會的事情。」

「不需要準備吧，反正我們聆聽組又不需要給意見，只要聽顧客說話，然後發出『嗯嗯喔喔』的聲音，隨便附和一下就好。」

譚皓安冷哼了聲，「妳太天真了，顧客一定會問是否能給他們一點意見，這時候妳要怎麼辦？」

「那就給點意見啊。」這有什麼好擔心的？譚皓安眞奇怪。

「妳可不要像晉惠帝一樣，給些類似『何不食肉糜』的意見。」他很瞧不起我似地說。

「我才不會，你太誇張了。」我停下腳步，決定跟他好好說清楚，「譚皓安，你是不是眞的覺得我很傻？」

他轉過頭看我，「妳不是傻，只是笨，不，應該是蠢。」

「你！我考試成績可是很好的！」印象中我還有一兩次考得比他好。

「我不是指妳在學業上的表現，而是做人處事。妳有聽懂我上次說的嗎？叫妳聽聽別人心裡的話。」

「我不明白你的意思。」我撇過頭，哼了聲道：「以後不要再這樣欺負我了。」

他難得地愣了下，喃喃地說：「我沒有欺負妳，那不是欺負。」

「不然那叫什麼？」

「叫……變得更好？」譚皓安的話雖然感覺像是敷衍，但他歪頭的姿勢看起來呆呆的，與平日跋扈的模樣截然不同。

「在我看來那就是欺負。」我大步向前越過他，難得看到譚皓安露出那樣有些傻氣的神態，我覺得有點開心。

「陳書海。」他從後面叫住我，「妳有認眞聽懂我內心的話嗎？」

他講了一句很不像他會說的，甚至可以說是肉麻的話。

我轉過頭，本想大肆嘲笑他一番，卻發現他皺著眉頭，表情不像生氣或是要罵我，反而比較像是……委屈？

「我不是一直都有在問你，是你自己不說的。」我抓著襯衫衣角道。

「我……」他欲言又止，瞥了一下我的後方，往後退了幾步。

「怎麼……」我正要開口，就聽見來自後方的腳步聲，伴隨著房之羽的喊叫：「你們還在幹麼！要遲到了！」

「要遲到了嗎？」我趕緊看了眼手錶，居然眞的快遲到了，我和譚皓安有耽擱這麼久嗎？

「快……」我才要對譚皓安說快跑，他已經掠過我朝校門口的方向狂奔。

瞬間他和房之羽都跑在我前面，我愣了幾秒才追了上去：「你們等等我啊！」

結局就是我們三個人氣喘吁吁地來到教室，白時凜站在講臺上，先是看向掛在牆上的時鐘，又看了我們一眼，淡淡地問了句：「沒遲到吧？」

「沒有，safe。」房之羽喘著粗氣，回位子坐下。

「房之羽，妳有把工作證帶來嗎？」白時凜問。

「有啊，不過爲什麼連工作證都要我們準備？」大概是因爲一路狂奔的關係，房之羽披頭散髮的，看起來很狼狽。

她從袋子裡取出一疊影印好的工作證，樣式和圖案應該皆出自於她的設計。白時凜前幾天宣稱，因爲大家統一穿著制服，顧客會搞不清楚哪些人是工作人員，所以要求道具組臨時製作工作人員的識別證。

雖然之前就知道房之羽對主科以外的科目都很拿手，但經過這次，才眞正發現原來房之羽這麼有美術天分，還很能幹，一手包辦了很多工作。

「道具組要負責搭建布置『心事室』，還要畫海報、貼傳單、買東西，有些根本就該是宣傳組做的吧？」房之羽很不平衡，向白時凜抗議。

「我們宣傳組負責的可是其他工作。」隸屬於宣傳組的譚皓安立刻開口，「我們會利用假日去各個學校宣傳。」

乍聽之下，宣傳組好像做了很多事，但仔細一想，假日有哪間學校上課？連謝子晏這種與世無爭的人都會主動說要過來看看了，可想而知綠茵高中的園遊會哪需要宣傳！看樣子宣傳組眞的沒在做事啊。

從大家臉上的表情看來，應該是有察覺到這點，只是沒想到譚皓安竟然能厚著臉皮如此睜眼說瞎話，反倒令人一時不知道該如何吐槽。

譚皓安發現班上同學都安靜了下來，他又說：「你們以爲我在亂講嗎？」

「大哥，哪有學生假日會去學校？你是要宣傳給誰看！」我義不容辭地擔負起吐槽他的責任。

「我說的不是一般教育體系的學校，而是類似安親班、補習班或一些圖書館陪讀之類的地方。」他從書包取出一疊小紙片，「因爲對象都是小孩子，所以我做了折價券發送給他們。然後我想號召大家，家中如果有不需要的衣服或玩具，不妨帶來學校，園遊會那天可以擺個二手攤出售。」

定睛一看，那疊小紙片果然是園遊會的折價券，雖然不是很精美，但看得出是花了心思一張張手繪製作出來的。

聞言，全班再次一愣，譚皓安到底是精打細算還是愛心氾濫啊？

「那就這樣吧，客層老少通吃也不錯，大家當天就從家裡帶些不需要的小東西過來。」白時凜很快就下了結論。

「柯喻宸，就麻煩你們收錢組到時候順便幫二手攤結帳。」譚皓安將那些折價券收回自己的書包。

「沒問題，我會多注意的。」柯喻宸的聲音聽起來有點沙啞，還咳了兩聲。

親衛隊馬上喔喔喔地怪叫，送上保溫杯，而柯喻宸竟然眞的喝了。

白時凜檢查過工作證後，一一發給所有的工作人員。

我仔細端詳工作證上的可愛插畫，訝異地問看起來累到快升天的房之羽，這是她手繪還是電繪的？

她打了個大大的哈欠，趴在桌上說：「手繪，但還好現在有影印機，不然我要畫幾十遍啊……」

說完她就閉上眼睛睡著了。

奇怪，道具組只有她一個人嗎，爲什麼好像全部都她負責啊？

華佑惟悄然走近，把房之羽掛在椅背的外套拿起，輕輕地蓋在她身上，不得不讚美一下，這眞是十分溫暖貼心的舉動。

只是當他抬頭，與我對上眼時，我居然緊張地移開了視線。

房之羽一路睡到中午，除了下課時有起身去過一次廁所，每堂課都呼呼大睡，老師們屢次企圖叫醒她，甚至要她罰站，她竟然還可以站著入睡，那可憐的模樣連白時凜也看不下去了，主動向老師謊稱她身體不舒服，讓她趴在桌上睡個痛快。

但我認爲白時凜要對房之羽的疲累負起很大的責任，因而忍不住寫了紙條傳給他。

「該不會是你把事情都推給之羽吧？」

誰知白時凜收到紙條後，連看都沒看就直接舉手向老師打小報告：「有人傳紙條。」

老師緊皺著眉頭接過紙條打開，看了眼趴在桌上補眠的房之羽，我嚇得捏緊裙襬，幸好老師只是嘆了口氣，便繼續講課。

啊，我這才想起沒有在紙條上寫下自己的名字，還好。

白時凜這個鐵面無私的傢伙眞是冷血又無情！

中午的鐘聲剛響完沒多久，房之羽終於睜開眼睛，擦了口口水說：「吃飯。」

「妳這樣睡醒吃，吃完又睡，會變胖喔。」

「此時此刻的我只想睡覺和吃東西，胖到六十公斤我都甘願。」她拿起錢包，正要跑去合作社搶購便當時，與踏進教室的白時凜撞個正著。

「哇！閃邊啦！」因爲被分派了太多工作，房之羽十分不爽白時凜，口氣自然不會好聽到哪裡去。

但沒想到白時凜不僅沒翻臉，還把手上的兩個便當和兩瓶紅茶都遞給她。

「啊？」

「給妳。」白時凜說，「辛苦了。」

「你這混蛋，別以爲這樣就算了！」房之羽嘴巴上依舊不肯服輸，可身體卻很誠實地接過便當與紅茶，帶著笑容回座。

目送她回座後，我立刻瞪向白時凜，咬牙切齒地說：「你居然把我的紙條交給老師。」

他像是很訝異傳紙條給他的人竟然是我，先是眉毛高高一挑，隨即冷冷地說：「上課本來就禁止傳紙條。」他停頓了一下，又補上一句，「妳在紙條裡寫了些什麼？」

既然你會好奇，那剛才爲什麼不打開來看？

我氣呼呼地回：「道具組明明很多人，爲什麼只有之羽一個人這麼忙，你是把所有的事都交代給她嗎？」

「喔，是啊。」

他理所當然的態度讓我大爲光火。

「爲什麼？」你沒見她都累成那樣了。

「她並沒有抱怨，不是嗎？妳也看見她做出來的成果了，不僅效率高、品質好，最重要的是她也做得開心。」

我愣了一下，「但她有抱怨很累。」

「可她還是做了，跟她在面對其他事時，總選擇逃避不一樣吧？」白時凜露出讚賞的笑容，彷彿很了解房之羽似的。

雖然不甘心，但我承認他說的是對的。

「所以你才會買便當和紅茶獎勵她啊。」我望著房之羽喜孜孜地打開兩個便當，「沒想到你會注意這些細節。」

白時凜用鼻子哼氣，走回座位。

看樣子機車的人也是會有優點的，這是我對白時凜的評價。

我走到房之羽身畔，見她大口大口吃飯，不禁問道：「妳要吃兩個便當？」

兩個便當的主菜不一樣，一個雞腿一個排骨，不得不說白時凜確實很用心。

「當然，我餓死了。好在白時凜那混蛋還知道我餓得吃得下兩個！」房之羽大口咬下雞腿，一點也不顧形象，雖然她本來也沒怎麼在顧及形象就是了。

瞧她一副吃得津津有味的樣子，看來是眞的餓壞了。

「對了，妳最近和華佑惟是不是怪怪的？」房之羽忽然問我，嚇得我四下張望，確定華佑惟不在教室才鬆了一口氣。

「妳這麼忙還能注意到我的事啊。」我壓低聲音說。

「爲什麼不能？就算很久沒跟妳好好聊天了，不過我還是有在觀察，只是沒時間問妳罷了。」她嘴巴塞滿食物，口齒卻依然清晰。

「是發生了一些事，但我暫時沒搞清楚自己是怎麼想的，只能說華佑惟是個好男人，而譚皓安則是個白痴。」我下了個最簡單的結論。

「講到好男人，妳前男友，那個孫什麼的，也算是好男人啊。」

房之羽脫口而出的這句話，令我不由得一愣。

她察覺到我的不對勁，一邊夾起花椰菜啃了一口，一邊問：「怎麼了？」

「沒什麼，我只是在想，雖然妳和席奕寧都見過孫孟楷，可是妳對孫孟楷的評價和席奕寧的很不一樣。」

「席奕寧啊，因爲妳跟她很要好，所以我一直沒講，但我覺得她對人的看法可能比較狹隘一點。」房之羽在不知不覺中吃完雞腿便當，把吸管插進飲料，大口喝著。

「狹隘？」

「換言之，就是只能看到視線所及的事。抱歉在妳哭的時候我沒去安慰妳，因爲我不知道怎麼安慰人。」她朝第二個便當動筷。

「我知道，我又沒怪妳。」我也打開自己的便當盒，裡面是早上才做好的三明治，「可是妳落井下石，我不是很高興。」

「哈哈哈，那不是落井下石，我只是說了實話。」房之羽歪頭，滿嘴油膩地看著我，「還是妳喜歡那種只會附和妳、不會糾正妳的朋友？我也可以當那種朋友，然而那就不是我了。」

我聳肩，「妳就維持現在這樣吧。」

「那就好，如果妳剛剛告訴我，希望我能對妳溫柔點，那我就會覺得我們合不來了。」

房之羽居然能夠用如此輕鬆的語調講出這麼可怕的話，所以我方才是差點被斷交嗎？

「不過我的話確實講得比較重就是了。但是呢，我覺得愛情這種事，當初一定是兩個人互相喜歡才會在一起，既然在交往過程中發生問題，那必定是雙方造成的，他有錯，妳也會有錯，或者也有可能是誰都沒錯，只是事情注定走向這個結果。所以當妳哭得像是個無辜的受害者時，我才會忍不住出言點醒妳。」她一口氣說完，還不忘把食物塞進嘴裡，「我想，溫柔的人有華佑惟一個就夠了。」

「妳一下子說了好多，我有點接受不良。」我老實地承認。

「時間寶貴啊，我眞的無敵忙碌，妳有什麼要抱怨的就趁現在快點說，快快快。」房之羽催促。

「我、我我我……」忽然被這麼問，我根本不知道要說什麼，結果腦中居然浮現譚皓安那張討人厭的帥臉，便想也沒想地脫口而出：「譚皓安叫我要聽別人的心說話。」

房之羽停下手中的筷子，定定地看著我，「他眞的這麼說？」

「嗯，還說了兩次。」

「哈哈哈哈，他說得沒錯呀，妳的確該如此。」房之羽爆出一陣大笑，「書海，妳有時候確實會用千金小姐的眼睛去看人。」

「什麼意思？」

「我知道妳沒有惡意，但有時候妳的一言一行就是會對別人造成傷害。而且麻煩的地方在於，對方知道妳沒有惡意，所以他們也不會直接告訴妳他們受傷了，然而儘管他們嘴上沒說，可是他們的心說了，心中所想多多少少會表現在臉上，問題是妳太專注於自己，太把焦點放在自己的生活上，從沒想過要留意身邊的人，所以皓安才會要妳多聽聽別人的內心話。這樣妳懂了嗎？」

我傻掉，「妳是他的蛔蟲嗎？」

「基本上，也許除了妳，大家都聽得懂他在說什麼。」她把兩個便當吃得一乾二淨，「我吃飽了，然後我要睡了。」

「妳仔細說明後，我就懂啦，譚皓安只用一句話帶過，我怎麼可能聽得懂。」

說完後，我跟著房之羽走到走廊的水槽，在旁邊看著她將吃完的便當盒沖乾淨。

「妳想想，譚皓安要是囉哩囉唆地講這麼一長串像話嗎？他向來就是走話不多的硬派帥哥路線啊。」

「是硬梆梆帥哥，硬到壞掉。」我不服氣。

「這樣聽起來好色情。」房之羽還有空開玩笑。

「我不覺得自己有在不知不覺中傷害別人，妳們都想太多了……只是同樣的話好像葉伊澄也曾對我說過。」我大致講了一下同學會上發生的事。

房之羽點點頭，把便當盒丟進回收箱，走回座位坐下，並將外套披蓋在身上。

「妳和她都沒錯。因為家庭背景的緣故，妳天生就是用不一樣的眼睛看待世界，所以很多事對妳來說理所當然，但看在其他人眼中卻並非如此，這個就先不爭辯了。」她停了一下，「有件很重要的事我要提醒妳，我想妳應該傷害到華佑惟了。」

這句話讓我愣住了，我趕緊問：「我做了什麼事傷害到他了？」

房之羽打了個大哈欠，「妳自己好好回想，眞的不知道就直接去問他，我要睡了，午安。」

說完，她往桌上一趴，眼睛一閉，謝絕回應。

直到午休鐘聲響起，我的三明治還是沒吃完，此時華佑惟和譚皓安正好走進教室，兩個人有說有笑的。

我闔上便當蓋，將便當盒收進抽屜，趴在桌上假寐，卻一點睡意也沒有。

我究竟在什麼時候傷害到華佑惟了？爲什麼我毫無所覺？爲什麼華佑惟不說？

#

「今天是綠茵的園遊會，媽媽也會過去。」一大清早，媽媽已經盛裝打扮好了。

「不要特地跑去我班上看喔。」儘管我提醒過媽媽，但我知道她一定會過來。

「爸爸晚點也會去。」手上端著一杯咖啡的爸爸插話。

「你也不用特地跑去我班上啦。」我對爸爸說出類似的叮嚀，但我同樣知道這個提醒對爸爸一點用處也沒有，倒不是他有多想來班上看我，而是他……

「看妳媽嘍，她去哪裡我就去哪裡。」爸爸看著媽媽傻笑。

沒錯，比起我，爸爸更愛媽媽，如果問他那道經典問題：我和媽媽同時掉進水裡，你會救誰？

他絕對會毫不猶豫地選擇媽媽。

「我去看看譚皓安，順便問他你們最近相處得如何。」媽媽故意這麼說。

「我最近在和他吵架，妳不要搗亂啦！」我這次厲聲制止。

媽媽挑起一邊的眉毛，「你們的關係已經好到會吵架啦？」

「吵架叫關係好？」我不是很理解這邏輯。

「有個讓妳能在對方面前眞實表達意見與情緒的人，是很難得可貴的，妳再長大一點就會理解了。」爸爸難得說了句很像爸爸才會說的話。

「我只覺得他好煩。」我把桌上的牛奶喝光，背起書包，「我走了，反正別來我們班。」

「再說嘍，路上小心。」媽媽隨口答道。

我穿上皮鞋，步出家門。

前往學校的路上，行人比平日還多，我心中想著這些人該不會都是要去綠茵的園遊會吧，就發現那些人已經停下腳步，排在一列長長的人龍之後了。

不會吧，有這麼誇張嗎？

接著，我注意到那些人朝我投來的目光似是在打量我身上的制服，並隱約透露出羨慕，這讓我更加肯定他們應該就是要去參加綠茵的園遊會。

雖然被這麼多人同時盯著，讓我多少感到些許不自在，不過我告訴自己抬頭挺胸往前走，別在意那些眼神。

走著走著，路上穿著綠茵制服的學生也變多了，那種芒刺在背的感覺終於不再集中到我身上，其他綠茵學生的神情也好似鬆了一口氣，看樣子這一路上他們也領受了不少注目禮。

這時，我認出前方有個熟悉的背影，是譚皓安。

眞是討厭，怎麼最近上學途中一直遇到他？我才不要跟他說話，誰知道他又會找什麼事來罵我。

所以我故意放緩腳步，慢呑呑地走著。

來到校門口附近，在一旁等待參觀園遊會的人潮更是多到誇張，學校甚至得幫學生開闢一條用紅絨柱圍起的專屬通道，以方便學生進出。

想到必須頂著眾人的目光走在那條通道上，就讓我覺得更不自在了。

但我注意到有些綠茵的學生似乎很享受眾所矚目的感覺，臉上不僅露出自信的笑容昂首闊步，甚至微微揚起下巴，頗爲志得意滿。

突然，譚皓安停下腳步，看來他也被前方人滿爲患的景象嚇到了吧。

他這個樣子太好笑了，我立刻用手機偷偷拍下他這副糗樣，才出聲叫了他的名字：

「譚皓安！」

他一愣，轉頭見到是我，馬上朝我奔來。

「欸，那邊人會不會太多了？」他臉色有些蒼白。

譚皓安這個傢伙平時明明很跩，現在居然因爲人群就緊張成那樣，我忍不住在心中暗暗嘲笑他。

「我不想走那條通道。」他邊說邊拉我沿著學校的圍牆走，「沒有別的路嗎？」

「學校是有後門沒錯，但今天後門關起來了，難不成你想要爬牆啊，今天外校人士那麼多，要是被看到還得了？你就乖乖走校門口的那條專屬通道進去吧。」

「我沒有辦法，妳看我都起雞皮疙瘩了。」他伸出手臂，上頭果眞布滿一粒一粒的雞皮疙瘩。

「你該不會有人群恐懼症吧？可是從你平時的表現看起來不像啊！」

「不是那樣。」他看起來很猶豫，直接走到後方的巷子，還眞的企圖要爬牆。

「欸，不要鬧了，不行啦！」我趕緊拉住他，先別說爬牆這件事的對錯，但綠茵的圍牆不是普通的高，要爬過去確實非常有難度。

「我沒辦法走大門進去。」譚皓安神情焦慮，這是我第一次見他如此不安的樣子。

「怎麼了？你不舒服？」我擔憂地摸摸他的手，才發現他的手十分冰冷，臉色也愈來愈差。

「我沒有不舒服，只是……」他回頭往長長的人龍望過去，牙一咬，「算了，走就走，說不定沒事了。」

「什麼意……啊！」我話都還沒說完，譚皓安就拉起我的手折回大門處，這時他的手已經冷得像冰塊了。

雖然不知道他是怎麼了，不過他這種慌亂的模樣還真是少見。我邊想邊笑，又拿出手機對準他的側臉，按下幾次快門。

「我知道妳在偷拍，別忘了妳還欠我一百塊和幾十張照片。」他猛地停下，深吸一口氣後才再次邁出步伐，「要走了喔。」

「啊，我等一下就還你錢，還有就跟你說了那些照片不是我……」我頓了下，忽然想到一件事。

我之所以會找尋各種機會拍下譚皓安的照片，的確是應席奕寧的要求沒錯，但當她第一次向我討要照片時，我的手機裡是不是其實早就存了幾張他的照片呢？

就在這個時候，我赫然想起席奕寧這次居然沒說要來我們學校的園遊會，照理來說，她應該會很想來啊，畢竟能見到譚皓安耶！我等一下打個電話問問她好了。

就在我陷入思索之際，譚皓安已經拉著我踏上專屬通道，一旁外校生的目光始終追著我們。

「綠茵的人就連談戀愛看起來都很不一樣。」有個女生這麼說。

談戀愛？是在說我和譚皓安嗎？

我看向自己被譚皓安緊緊拉著的手，頓時明白是怎麼一回事，趕緊提醒他：「欸，笨蛋，放開我的手啦！」

「再一下，再陪我一下，我不能一個人。」他的表情很痛苦，額頭滲出冷汗，情況似乎有點不對勁，但是他腰桿挺得筆直，走路姿勢也很瀟灑，就彷彿是模特兒走伸展臺一樣。

好不容易進到校園裡，他鬆開我的手，卻忽然膝蓋一軟，眼看他就要跪下，我努力想拉住他，可是我一個人實在撐不起譚皓安沉重的身軀，就在我快要被他帶著一起倒在地上時，有另一個人扶住了譚皓安。

「還好，差一點就跌倒了。」華佑惟吐出一口氣，「皓安你還好嗎？可以站嗎？」

「可以了，抱歉。」譚皓安站直身體，示意我和華佑惟鬆開扶住他的手。

「真的可以嗎？」我還是有點擔心。

「沒事。」譚皓安伸展了下雙手，扭扭脖子，原地跳了兩下，「沒事了。」

「你剛才怎麼了？」我皺眉，今天的譚皓安跟平常的他很不一樣。

「沒什麼，快點去教室吧，等一下會有很多事要忙。」他說完就往教室的方向走，好似剛才什麼事都沒發生。

「你知道他怎麼了嗎？」我問華佑惟。

「不知道，但他有時候在人多的地方會這樣，我已經不是第一次碰上了。」華佑惟看見我驚訝的表情，微微一笑，「不用擔心，不是什麼嚴重的大病，他的身體超級健康，之前學校的健康檢查也沒事。」

「那爲什麼會那樣？」我覺得譚皓安剛剛眞的太反常了。

「人偶爾會不舒服啊。」華佑惟望著譚皓安走在前方的背影，「妳很擔心他嗎？」

「你不擔心嗎？」我反問。

「是擔心，只是沒那麼擔心。」

我不明白華佑惟這句話是什麼意思，卻也沒打算追問，因爲我現在滿腦子想著房之羽之前對我說過的——我已經在無意中傷害到華佑惟。

此時與華佑惟並肩走在路上應該是一個討論這件事的好時機，可我就是問不出口。況且就算問了又有什麼用？華佑惟一定會說沒事，而我也一定不會相信。

「華佑惟，你覺得等一下會有人過來光顧我們的『心事室』嗎？」

「應該會，畢竟有太多祕密無法對外言說。」華佑惟肯定地點頭。

「每個人都有祕密嗎？」

「當然，每個人都會有自己的心事。」

我深吸一口氣，「所以你也有祕密或心事嘍？」

華佑惟掛在嘴邊的微笑一僵，然而下一瞬又恢復如常：「當然嘍，一定會有。怎麼了？」

「那今天園遊會結束後，我們身為傾聽者，要不要傾聽彼此的心事呢？」

我的提議讓他停下腳步，起初他的眼神有些猶豫，過了半晌，他才像是下定了決心似的，輕輕應了聲：「好。」

「嗯，我們今天都要加油喔。」我故作若無其事地結束話題，然後才後知後覺地發現自己的聲音好像在微微地顫抖著。

無論如何，我今天一定要問個明白，不想讓這件事懸在心頭。

園遊會在早上八點半正式對外開放，我倚靠在走廊的欄杆上往下看，只見一群人從校門如洶湧的潮水般衝了進來，好像在搶購什麼限量商品似的。

「眞是誇張。」房之羽一派輕鬆地站在我身側享用早餐。

道具組的工作集中在事前準備，活動開幕後就很清閒，所以房之羽不僅可以慢條斯理地吃早餐，等會兒還可以悠哉地逛逛園遊會。

宣傳海報貼滿了我們教室的每一扇窗戶，以確保路過的行人一定會看到。教室裡則掛滿厚重的黑布，並用黑布分隔出四個小房間，每個小房間裡擺著兩張桌椅，桌椅間再垂掛一塊黑布。而我被指派坐在最右邊的那個小房間。

至於收費處則安排在教室的前門外，旁邊的地上還鋪了張小地毯，上頭放了很多二手娃娃、玩具、衣服與包包等。

由引導人員負責提醒顧客，若有被傾聽者認出聲音的顧慮，可以提前下載手機變聲器的APP，再隨機帶他們進入隔間。

不僅全校師生爲這場園遊會卯足了勁，校方還特別印製精美的宣傳手冊免費發放，上面附有學校地圖，並詳細列出各個班級的營業項目，方便遊客依照各自的喜好前往參觀。許多無緣進入綠茵就讀的人都會趁著這一天參觀校園，順道感受綠茵的活力。

聽說某個班級就看準遊客的這種心態，特別提供綠茵的制服供人試穿並拍照，不得不稱讚，這招確實還滿有商機的。

「大家各就各位！」白時凜拍拍手，吆喝所有的工作人員就定位。

房之羽發給傾聽者每人一張面具，等面具都戴好後，再讓四位傾聽者站在走廊上，對著往來人群大聲宣誓：

「我們發誓，絕對不會把聽到的任何祕密告訴第三者，違者將考不上大學，找不到工作，沒有伴侶孤老終身。」

這個惡毒的誓言出自譚皓安筆下。

立下誓言之後，我深切地後悔擔任這項職務，如果聽到有趣的八卦，我實在沒有自信不告訴別人。

但既然都發下這種重誓了，就只能遵守，好痛苦啊！

聽見我們如此大聲宣誓，不少路人產生了興趣，先是駐足看向貼在窗上的海報，再低頭翻閱手冊裡的介紹，最後還眞的有人掏出錢包準備付錢。

「快進去！」白時凜低聲吩咐，我們四位聆聽組成員立刻進入小房間就定位。考慮到黑布無法有效隔音，所以每一位傾聽者都會利用手機播放輕音樂，藉此蓋過顧客說話的聲音。

因爲教室裡處處懸掛著黑布，加上沒有開燈，室內光線頗爲昏暗，這樣不僅可以營造出一種讓人安心的沉穩氛圍，也可以讓顧客不必擔心會被指認出來；如果還是有所顧忌，引導人員會給對方一個面具，由他們自行選擇是否戴上。

以一般學校園遊會的標準來說，我們已經盡量考慮到最周全，做到最好了。

我在傾聽者的位子上坐下，並固定好前方的黑布，拿出手機播放輕音樂，等著迎接第一位客人。

我的第一位客人是個外校女生，宣稱自己只是出於好奇才進來參觀，還很沒禮貌地問我，能不能掀開黑布看我是誰，我告訴她如果沒有祕密想傾訴就別過來搗亂，便請引導人員小麥帶她出去，並退費給她。

第二位客人也是醉翁之意不在酒，是被譚皓安帥氣的臉龐騙進來的，她一直問我能不能告訴她譚皓安的姓名和喜好，我約略講了一下譚皓安是個怎樣的腹黑大魔王，要她把與他的相遇當作是美夢一場，夢醒就算了吧。

難道就沒有正經的客人嗎？

就在我納悶的時候，小麥拉開黑布偷偷對我說：「華佑惟那一間的客人哭著走出去了。」

「哭？這麼誇張？」我感到不可思議。

「可是她臉上的表情輕鬆了不少，看樣子可以建立出口碑了。」說完，他就把黑布放下。

過了一會兒，小麥帶第三位客人進來，我嗅到對方身上有股清新的香味，不曉得是洗髮精的味道還是擦了香水，但我猜測對方應該是個年輕女生。

「妳眞的不會把我講的話說出去？」她的聲音聽起來像唐老鴨，很明顯有使用變聲器。

「我發過誓，絕對不會洩密。」我壓低音量，認眞回應。

「我有一個很要好的朋友，我和她從國小一直到高中都念同一所學校，我非常珍惜這份情誼，但最近卻對她愈來愈不滿。」

她提到自己很在乎守時，也很重視承諾，可她的朋友卻變得時常遲到，甚至還會放她鴿子，她已經跟朋友反應過好幾次，朋友都馬上道歉，並向她保證下次不會再犯了。

「後來，我發現她會在我前男友的臉書按讚，那時我和前男友分手分得不是很愉快，她雖然沒有必要爲了我和他交惡，但她是我最要好的朋友，總該站在我這邊吧？我的要求應該不會很過分吧？」她的聲線變得十分尖銳。

「其實我很羨慕她，她長得漂亮，成績、人緣都很好，家境又不錯，簡直就是那種十全十美的女生，每次只要站在她旁邊，就不會有人注意到我。我知道那不是她的錯，可是她的完美一直在傷害我。」她的聲音出現了一絲哽咽，「到底是我先被她傷害了，才開始挑剔她那些地方？還是我們原本就不適合當朋友，所以我才會一直覺得被傷害？」

我愣了下，輕咬下唇。

她痛哭失聲，我覺得自己好像該說些什麼安慰她，卻想起在書上看過，有時候人只是需要一個說話的對象，並不是眞的要得到安慰或解答。

所以我決定保持沉默，靜靜地等她哭完，過了幾分鐘後，她站起來道：「謝謝妳。」

「祝福妳一切順心。」我僅說了這句，她便掀開黑布簾離去。

「看樣子妳也不錯啊。」小麥手裡拿著剛才那個女孩還給他的面具，先噴上酒精，再用乾布擦拭，「外頭排了很多人。」

「眞的假的。」我趕緊拍拍臉頰，打起精神。

後續的客人果然一個個接連不斷，當然還是有少數人是進來鬧場的，這種就快快地把他們打發出去；不過大多數的客人都透過手機的變聲器APP，將心事娓娓道來。

客人們的煩惱多半都圍繞著喜歡的對象、朋友情誼、考試成績打轉，幾乎稱得上是大同小異。聽著聽著，我不禁想，我和我的朋友們是不是也會爲這些事而煩惱呢？

然而我從來沒聽過房之羽、譚皓安，甚至是華佑惟對我提起過類似的煩惱，但轉念一想，或許就是因爲無法輕易對身邊的朋友訴說，才會選擇前來這個心事室，說給我們這些陌生人聽吧。

煩惱在心中放久了就會成爲壓力，最好找個合適的管道抒發出來，心理會比較健康。

「下一位。」

小麥掀開黑布，這次進來的客人溫聲拒絕了小麥遞給他的面具，直接坐到我面前。

「妳好。」他沒有變聲，是一個男孩子。

我正想禮貌回應他的問候時，他又說話了。

「我一直想念綠茵，無奈考不上，今天有機會過來一趟眞的很高興。」

我覺得他的聲音好熟悉，卻一時想不起來對方是誰。

他又繼續說：「當年之所以想考進綠茵，是因爲對這所學校懷有憧憬，不過我今天過來，單純只是想見一個女孩，她躲了我好久，我聽說她在綠茵念書，可是我剛才在校園裡走了一圈，還是沒能找到她。」

他說那個女孩是他國中的學妹，兩人之間的相處始終帶點淡淡的曖昧，友達以上，戀人未滿。在他國中畢業典禮那天，女孩對他說，要是能一直在一起就好了。聞言，他覺得自己身爲男生，應該要主動些，所以開始積極約她出去，但對方卻變得退縮起來。

有一天，他鼓起勇氣對女孩告白，他以爲他們彼此互相喜歡，女孩卻宣稱自己才不會喜歡胖子，非常嫌棄男孩的身材。

哇，好過分。我不禁在心中嘀咕。

「於是我努力減肥，改變自己的外型。減肥成功後，我的個性明明沒有改變，接近我的人卻明顯變多了，我不免想著，那個女孩是否也是那種只看重外表的人呢？我很想確認這一點，所以今天才會來綠茵。見到她之後，如果她對我的態度轉爲熱情，我就會放棄這些年的執著；如果她對我依舊很冷淡，我就會想再試試看。」

這個結論還眞是奇怪，難道他是M嗎？

但這個人的聲音，我是愈聽愈覺得耳熟，是我認識的人嗎？是誰？難道是以前國中的朋友？

「你們有發誓不能把客人說的話傳出去，這樣的話我問妳也沒關係吧？」那個男生邊說邊從包包裡翻出一張便條紙，寫下幾個字後，將便條紙從黑布底端的縫隙遞給我，

「妳認識這個人嗎？」

因爲光線太過昏暗，我打開手機裡的手電筒功能。

「席奕寧。」

便條紙上寫著一個我再熟悉不過的名字。

不會這麼巧吧？難道是同名同姓？可是席奕寧這個名字算是別緻，並不容易撞名，電光石火間，我想起那個熟悉的聲音是屬於誰的了。

是謝子晏。

於是我飛快在紙上寫了三個字，便將便條紙還回去。

「不認識。」

「這裡太暗了，我看不到，等出去之後我再看。」謝子晏推開椅子起身，對我說了句謝謝後，就轉身離開。

這是怎麼回事？

如果席奕寧和謝子晏曾有那段過去，爲什麼我會完全不知情？她什麼都沒有跟我透露過，而且爲什麼謝子晏會以爲席奕寧在綠茵？

「欸，換班嘍。」小麥掀開黑布，接替的四位同學正等在教室後門，我們也同樣從後門出去，這樣外頭的客人就不會發現坐在裡面的傾聽者是誰。

另外兩位擔任聆聽者的同學興高采烈地說，沒想到還滿有趣的，聽到很多不可思議的事。

「我們發過誓了，不能說出去。」華佑惟提醒。

我回想起那可怕的毒誓。

「當然不會，不過譚皓安還眞狠啊！」他們悻悻然地嘀咕。

我因爲乍聞謝子晏和席奕寧的事，沒怎麼注意聽他們後續的討論。

「心事室」的生意確實不錯，教室前面的隊伍排得老長，另外還有一群小孩子聚在二手攤位前，開心地挑選玩具，每個人的手上都拿著折價券。

站在一旁的譚皓安面露微笑，一個孩子跑到他腳邊，他順手將孩子抱了起來，「哥哥，那邊的玩具都可以拿嗎？」孩子的嗓音稚嫩而天眞。

「可以啊，隨便你拿，喜歡什麼就拿什麼，但是記得把折價券交給那邊的姊姊喔。」譚皓安柔聲說著，指向柯喻宸。

柯喻宸回以淺笑，看起來更美了。

不少男生拿起手機想偷拍她，然而親衛隊可不會允許他們的女神被人亂拍，所以一一要求那些男生把照片刪掉，所幸場面並沒有失控。

我沒想到譚皓安會有那樣溫柔的表情，他明明就是從地獄來的魔鬼，怎麼對待小孩會如此親和力十足？

驀地，我憶起校門口發生的事。

也不知道他現在身體狀況如何了？沒事了嗎？

我看著那些孩子各自拿了看中的玩具和衣服後，把折價券交給柯喻宸，然後她笑著收下那些折價券，卻沒有額外收錢。

柯喻宸抬頭與譚皓安對望，露出淺笑，模樣溫柔至極，而譚皓安也聳肩笑了笑。為什麼他們要這樣對望，又露出這樣的微笑？

譚皓安帶著柔和的神情目送那些孩子遠去，一注意到我站在不遠處看他，臉上的溫柔頓時一斂，又換上那張惡魔般的臉。

我朝他走去，同時因為他前後的態度相差甚遠，導致內心極度不平衡而憤憤不已，原本想關心他身體狀況的心思都沒了，我用找碴的口氣說：「那些小孩沒有付錢。」

「他們有給折價券。」譚皓安冷冷地回應。

「折價券又不是錢。」我的口氣比之前更不滿了。

感覺像譚皓安利用班上同學做善事，可是功勞卻全歸到他一個人身上一樣。

雖然實際上我並不在意這種事，我在乎的是譚皓安總是對我擺臭臉，對柯喻宸就微笑以待，對，女神就是這麼吃香。

「陳書海，等會兒收妥折價券後，譚皓安會換現金給我們。」柯喻宸嚴厲地說。

我一愣，先是扭頭看向柯喻宸，再彆扭地將視線移到譚皓安身上。

「你幹麼不說清楚？」而且為什麼柯喻宸知道，我卻完全不知情？

譚皓安沒有生氣，但也不再看向我。

「我去整理東西。」然後他蹲到攤位前面，整理起被孩子們翻亂的二手商品。

柯喻宸有些怪罪地橫了我一眼，隨即又端起微笑應對前來的客人。

我覺得自己好像不該站在這裡，然而雙腳就是無法挪動哪怕半步，地板彷彿化作流沙，將我整個人往下拽。

「我們去吃飯吧？」華佑惟忽然拉住我的手臂，止住了那種沉重的下墜感。

「好。」我說，又看了譚皓安蹲在地上的背影一眼，才轉身離開。

我和華佑惟稍微逛了一下其他攤位，買了一些食物，走到校園裡那片綠茵茵的寬闊草地。草地上坐了很多外校的學生，他們把這裡當成熱門打卡據點似地不斷拍照。

我們找了一個比較沒人的地方坐下，一旁不僅有樹蔭可供遮擋陽光，還能欣賞藍天白雲綠草地的景致，這樣想想，能夠在綠茵念書真的是件挺幸福的事。

「來。」華佑惟先替我扭開飲料瓶蓋，再打開裝著章魚丸子的紙盒遞給我。

「你真的好貼心，跟譚皓安完全不一樣。」我笑著接過章魚丸子，拿起竹籤叉起一顆送進嘴裡。

「妳很介意皓安剛剛的舉動是嗎？」

「我才不介意。」我不想理會態度差勁的人。

他微微一笑，又問：「妳有朋友會來參觀園遊會嗎？」

「有，我有個國中學長會來，我跟他約兩點碰面。」所以還有一個小時的空檔，幸好我當初有先把用餐時間估算進去。

「學長……國中的學長啊……」華佑惟看起來好像有點失落。

「嗯，以前一個跟我交情不錯的學長，我之前去跟蹤……就是去偷看孫孟楷跟他的新女友時，意外遇見他。」想到這裡，我放下竹籤，「華佑惟，我們不是說好園遊會的工作結束後，要來傾聽彼此的心事嗎？現在算是個好時機吧？」

他愣了下，深吸一口氣後說：「好。」

「我先說，在心情比較平復後，我想了很多。其實我早就發現了，只是不想承認，先別提孫孟楷最後是怎麼對待我的，但在之前交往的過程中，他對我很好，放學會帶我去吃冰，在我打翻東西時會溫柔地幫我擦拭，會原諒我遲到半個小時，也曾硬要請我吃很貴的餐廳，我卻對他說出『別打腫臉充胖子』這種過分的話。」我心下黯然，「也許……我也許眞的有公主病，也許眞的在無意中，用我的『理所當然』傷害了很多人，孫孟楷會想跟我分手不是沒有原因的，他只是錯在沒有先解決我的事，就和別人交往。」

一口氣說完這些，我的眼淚開始掉個不停。

是啊，孫孟楷其實對我非常好，他家並不有錢，回家後還需要幫忙媽媽做家庭代工，但我對這樣的他做了什麼？我吵鬧著要他丟下一切陪我出去玩，跟他索要昂貴的生日禮物，還在全班面前跟他吵架，完全不給他面子。

為什麼這些事情我都忘記了呢？為什麼我只記得別人對我做的壞事，卻不記得對方對我的好？

我從來沒反省過是不是自己先做了什麼傷害別人的事，所以對方後來才會做出傷害我的事。

所以譚皓安和房之羽才會不約而同地反問我：妳自己就沒有錯嗎？

所以譚皓安才要我去傾聽別人內心的話語。

我在國中同學會上，為了滿足自己的虛榮心，刻意誇大了華佑惟的家世背景，我傷害了華佑惟，還讓他笑著安慰我。

也許我在更早的時候就一直傷害他了。

我總是不加節制地胡亂花錢，一次就買下十幾本書，出入都搭計程車。房之羽說我出身富裕家庭，對於金錢的觀念與旁人不同自是在所難免，甚至連看待某些事的觀點都不太一樣，而我對於這點卻絲毫未覺。正因為如此，我的「理所當然」才更加傷人吧。

我在無意中，踐踏了華佑惟的尊嚴。

「華佑惟，我要向你道歉，雖然我不是故意的，但我確實傷害到你了。」我不敢看他，只能拚命道歉，想起自己做過的那些事就覺得無地自容。

「我知道妳不是有心的，沒有關係，我並不在意。」華佑惟輕聲說。

我早知道他會這樣說，他就是如此溫柔的一個人。

好像不管怎麼傷害他，他都能原諒似的。

「你能原諒我嗎？」我緩緩抬頭，鼓起勇氣對上他的雙眼，他眼中的溫柔一如往昔。

「我沒有生過妳的氣，又談何原諒？」

「你可以對我生氣的，你的脾氣好到好像無論對你做什麼事，都沒有關係一樣。」

他伸出微涼的手指輕輕碰觸我的臉，擦掉我的眼淚：「現在，換妳聽我的心事了。」

對於華佑惟的碰觸，不知怎地，我心中有一點微妙的怪異感。

「嗯。」我點點頭，不太好意思地往後退了些，自己抹掉頰邊的淚水。

他收回輕觸我臉頰的手，找出手帕遞給我，我沒多想便順手接過。

「妳問過我有沒有喜歡的人，我並不是一個完美的人，也不是對誰都很溫柔。」他的話前後接續有點奇怪，我發現他耳朵微微泛紅，不斷地拿起飲料湊近嘴唇，卻又沒喝到一口就放下，有些手忙腳亂。

「你對誰都很溫柔啊。」我一邊說話，一邊用他的手帕擦乾眼淚。

「不，我對妳最溫柔。」他忽然大聲說，清秀的臉漲得通紅，「妳是最特別的。」

我心跳加快，睜圓了眼睛，「因爲……因爲我特別愛哭？」

「不是，因爲我……」華佑惟抓了抓頭，深吸一口氣，又吐了出去，「因爲我喜歡妳，我想保護妳。」

出乎意料的告白，讓我不知該如何反應。

我從來沒有察覺到他的心意。

「這就是我的心事，然後，我希望妳不會因爲我的告白而疏遠我，不管怎樣我依然是妳的朋友。」

「……嗯。」我點點頭，低頭吃著章魚丸子。

接下來我們都沒再出聲。

過了一會兒，我開始覺得渾身緊繃，有些煩躁，連嘴裡的章魚丸子都失去滋味，難以下嚥。

這種尷尬的氣氛好討厭，我不討厭華佑惟，只是突然被他告白，我實在沒辦法以平常心對待。

「華佑惟，我暫時還是會覺得有點尷尬，但我保證不會疏遠你。」我緩緩地開口。

我要努力學會當一個不會傷害別人的人。

「好。」他鬆了一口氣，露出微笑。

只是那時的我還不明白，溫柔，有時候也是傷人的利器之一。

綠茵草原的後方有一處涼亭區，裡頭座落了五座小小的涼亭，我和謝子晏約在那裡碰面，但他大概是迷路了，直到約定的時間過了五分鐘後，才見他滿頭大汗地從另一邊出現。

「學長，來這裡坐。」我趕緊招呼他過來，下午的陽光已經炙熱到沒人想坐在草地上感受青春氣息了。

「綠茵眞的好大，我都還沒來得及走遍全校。」謝子晏依舊戴著復古的圓形眼鏡，配上一頂鴨舌帽，國中時期的他完全不會做此打扮。

「學長這樣好像韓國人喔。」我笑著打趣。

「哈哈，對了，妳在哪一班？班上的攤位是做什麼的？」他拿出學校印製的園遊會宣傳小冊。

我心中一震，不打算說實話。

「我們班很懶啦，只有把桌椅擺好，把教室改裝成遊客休息區而已。」我隨口把白時凜最開始的提議拿出來搪塞，「不用過來也沒關係啦！很無聊的攤位。」

「這麼不享受青春啊。」他笑著把小冊收進背包。

「學長，那理光的園遊會是怎麼樣呢？有什麼特別之處嗎？」我連忙轉換話題。一般來說，學校的校慶、園遊會多半會安排在平日舉辦，綠茵則固定選在週末假日舉辦，好讓其他學校的學生也有機會躬逢其盛。

「就很普通，沒什麼外校的人會來，不過和同學一起籌備攤位挺有趣的。」謝子晏歪頭，「妳呢？妳在綠茵的校園生活過得還不錯吧？」

「是滿有趣的。」大概吧，今天眞的發生太多事了，像是我的暴哭、華佑惟突如其來的告白，還有譚皓安怪異的舉止。

然後房之羽又不知道跑到哪裡玩了，害我想找她商量也找不到人。

「我記得妳不是有個很好的朋友嗎？在大南國中那時候。」

來了，這個問題還是來了。

果然，如果謝子晏都會向素昧平生的陌生人打聽席奕寧了，又怎麼會不問與她交好的我。

「你是說席奕寧嗎？」我裝作什麼也不知道，盡量表現出驚訝，「沒想到學長還記得她啊。」

「是啊，其實上次聽妳提到她時我就想問了，我聽說她也讀綠茵，難道不是嗎？」

「學長怎麼會這麼認爲？她讀其他學校喔。」如果席奕寧在躲著他，我該告訴他眞相嗎？

嗯，也許不告訴他會比較好吧。

「我聽朋友說她考上綠茵，所以原來是我朋友搞錯了，考上綠茵的是妳。」謝子晏聳聳肩，又問：「妳現在和她還有聯絡嗎？」

「嗯，有。」

「妳可以幫我一個忙嗎？」

「什麼忙？」我臉上的笑容一定很僵。

「幫我傳話給席奕寧，說我在找她，並且麻煩妳給她我的聯絡方式。」

「喔……」

謝子晏忽然笑了起來，「謝謝妳，剩下的一切就交給她決定吧，妳裝作不知情就好。」

我睜圓了眼睛，「學長，你……」

「我當下沒有察覺是妳，是出去以後才發現的，謝謝妳裝作什麼都不知道。」謝子晏伸手半遮住自己的臉，有些懊惱，「好糗，居然對妳說了那些話。」

我用力搖頭，「不，學長一點都不糗，只是我很驚訝自己明明與你們交好，卻完全沒察覺。」

「因爲我們往來很低調，刻意不讓大家發現。大概是當時的我外型很不OK，身材又胖，讓她覺得丟臉，可是我挺喜歡那種和她兩小無猜的感覺。」他脫下帽子，整理了下頭髮又戴上，「如今我也不明白自己還在等什麼，所以才想說把一切交給席奕寧來決定。」

我不能向謝子晏保證席奕寧一定會與他聯絡，畢竟她之前連提都沒提過他，甚至在我談及巧遇謝子晏時，她也沒有多大的反應。

「我會轉告她，然後裝作不知情的樣子。」我苦笑，「學長，你之所以減肥就是為了席奕寧啊。」

「因此就某方面來說，我也要感謝她改變了我的人生。」

聽到謝子晏如此自嘲，我一時也不知道該如何接話，只能傻笑。

陪著謝子晏聊了一會兒，想到他是第一次來到綠茵，我便開始為他介紹綠茵的校園環境特色，並帶他去幾個攤位比較有特色的班級逛逛，最後又繞回我們班，在攤位上的工作人員都已經換過一輪了。

「啊，我買這個吧。」謝子晏蹲在二手攤前，拿起一個天使翅膀的吊飾。

沒想到他會喜歡這種可愛的東西。

「送妳吧。」他付錢後，把手上的吊飾遞給我。

我驚訝地婉拒，但他堅持要我收下，「對我來說，今天的妳很像天使，所以這個吊飾就當作給妳的謝禮吧。」

「學長，我不能保證席奕寧一定會跟你聯絡。」我趕緊挑明。

「我不是因爲這個才送妳東西啦！」他大笑，「是因爲妳裝作不知道那個人是我的那份溫柔，畢竟咄咄逼人是很可怕的。」

「既然如此……」我伸手接過吊飾。

「那我就先回去了，不打擾妳啦。」謝子晏露出一個爽朗的笑容。

「學長拜拜！我會再跟你聯絡的。」我站在原地對他揮手，直到他走下樓梯才放下。

我攤開手心，低頭看著那個吊飾。

天使的翅膀啊。

這也算是獎勵吧，在我坦承自己無意間傷害了許多人的今天，得到了這份禮物，而且謝子晏還說要謝謝我的溫柔。

我決定了，我要當一個溫柔的人，一個不會傷害別人的人。

「那是我的耶。」譚皓安不知道從哪個犄角忽然冒出來，還拿著手機對我拍了幾張照片。

「什麼你的，這是我的！」我握緊吊飾，大概只有對他，我沒辦法溫柔吧。

「那是我提供給二手攤販售的商品，的確是天使的翅膀沒錯吧。」譚皓安瞇起眼睛。

「眞的假的，這是學長買來送我的。」我連忙解釋。

「我知道，我看到了，算他有眼光。」譚皓安掛著討厭的笑容。

我忍不住盯著他看。

「妳幹麼？」他被我看得有些莫名其妙。

「你恢復了？」

「什麼？」

「你早上怪怪的，現在沒事了？」

「我哪有怪怪的，妳才怪怪的。」譚皓安彈了我額頭一記，隨即又拿起手機對著大聲呼痛的我拍了幾張照片。

「不要一直亂拍我。」我制止他，伸手擋住鏡頭。

「這是妳欠我的，還要拍好幾十張才能還清喔。」他邊說邊笑，挑出一張照片給我看，照片裡的我斜倚在欄杆，正打著哈欠，嘴巴張得很大不說，還微微翻著白眼。

「你！給我刪掉！」我氣得大喊。

譚皓安笑著跑開，我追過去，不知不覺間就跑到了花園。

「給我刪掉，你幹麼拍那些怪照片啦！」

「那是妳人怪，才會拍出這些怪照。」

「少亂講了，我很正常！」我停下腳步，看著恢復正常的譚皓安，「欸，我有些事想問你。」

「什麼事？」他聳肩，似乎早就料到了我一定會問他問題。

「關於你早上的失常、折價券，以及我好像惹你不開心。」

他挑眉，「沒想到妳會這麼在意，或者應該說，妳竟然會注意到這些。」

「你不是要我多聽聽別人的心裡話嗎，好歹我也當一個早上的傾聽者了，聽了那麼多陌生人的心裡話，也該聽聽我朋友的。」我認眞地說。

「少臭屁了。」譚皓安笑罵，指著我手上的天使翅膀吊飾，「那是我外婆送我的。」

我瞪圓眼睛，「這麼深具意義？那你還拿出來賣！」

說完我就要把吊飾還他，譚皓安卻搖頭拒絕。

「正因爲如此，才會想讓給其他人。」譚皓安坐到一旁的長椅上，我猶豫了一下，也走到他旁邊坐下。

「我小時候和外婆一起住，雖然外婆對我很好，但我心中始終有些不平衡，爲什麼哥哥姊姊可以和爸媽一起住，我就要一個人被送到鄉下？我小時候很在意這件事。」他頓了下，「那些假日還被送到安親班或補習班的孩子，也許心中也會在意爲什麼爸媽假日不陪他們？爲什麼把他們丟給別人照顧？我只是想讓他們知道，儘管如此，還是有其他方式能體會到愛。」

譚皓安伸手摸了摸我捧在手心的天使翅膀吊飾，「其實鄉下的生活很美好，夜裡滿天的星光與紛飛的螢火蟲，是我這輩子最難以忘懷的景象，而且我外婆每晚都會在床邊說故事給我聽，那是我最最珍貴的回憶。我外婆說，所有的孩子都是天使，落入凡間的天使。」

他露出前所未有的溫柔表情，令我心中一凜，沒想到譚皓安心中也會有如此柔軟的部分。

「你外婆眞好，我外婆總是對我很嚴厲。那你現在還會去看螢火蟲嗎？」

溫柔的神情迅速從他臉上褪去，他冷著聲音說：「不會了。」

「外婆一定很想你。」

「不會，她死了。」他的語氣冰冷而堅硬。

我驚覺自己問了不該問的話，小心翼翼地朝譚皓安冷峻的側臉覷去。

「我很抱歉。」我囁嚅地說。

不等譚皓安回應，一個熟悉的女生嗓音傳來，我和譚皓安對看一眼，不約而同往斜前方看去。

房之羽和一個我沒見過的男生站在花園的角落，見狀，我和譚皓安連忙壓低身體藏在椅後。

「應該是告白吧。」譚皓安觀察後下了個結論。

「眞的假的，有人跟房之羽告白？」我大吃一驚。

「房之羽很受歡迎的，她人長得漂亮，個性又爽朗，哪像妳這麼怪。」譚皓安低聲說，還不忘嘲笑我。

我立刻反手打了他的胸膛一下，才赫然發現，我們的距離太過靠近，我簡直身處在他的懷抱中了，於是趕緊推開他並往後退，卻因為動作太大而發出聲響，引得房之羽頻頻朝我們的方向看來。

「妳這個笨蛋。」譚皓安竊笑。

那個男生快步離開，我和譚皓安裝作若無其事地起身，房之羽看見是我們就大步走了過來。

「你們兩個在這裡幹麼？」她秀眉輕蹙，「偷看？」

「有打擾到妳嗎？」我尷尬陪笑，譚皓安倒是一副不怎麼在意的樣子。

房之羽嘆了口氣，搖搖頭：「不如說是拯救我了。」

「他剛剛在跟妳告白啊？」譚皓安好奇地問。

「你想看熱鬧是吧！」房之羽嘖了聲，不避諱地直言，「反正也是要拒絕對方的，被你們打斷也好。」

平時我從沒聽房之羽談論過戀愛的話題。

「難道妳有喜歡的人嗎？」所以我便趁著這個機會問了。

房之羽瞥了我一眼，「沒有，我有其他更重要的事。」

「什麼事？」

「享受校園生活。」房之羽聳肩，看樣子對戀愛眞的不感興趣。

「既然如此，我們一起去逛園遊會吧？」我親熱地挽著她的手臂。

「好啊，去走走吧。」房之羽欣然答應。

於是我們三個便結伴參觀起園遊會，有個班級推出的攤位是許願池，該不會是抄襲柯喻宸的主意吧！

我們互相交換了一個眼神，很有默契地走進那個攤位。

「許一個願望三十元，心誠則靈啊！」工作人員喊著，教室裡擺了一個寫著「許願池」三個大字的紙箱，裡頭已經有不少十元硬幣。

「花錢許願之後，你們會如何幫我們實現心願？」房之羽詢問工作人員。

「心誠則靈啊，不要過於貪心，自然就會得到回報。」

對方的說詞很像詐騙集團會說的話，但還是有人願意掏錢丟進紙箱。

親眼目睹這一幕後，我好像有些明白，爲什麼社會上會頻頻傳出詐騙新聞了，有部分的人是眞的很好騙啊。

「我只願意投十塊。」譚皓安從口袋掏出一枚硬幣，輕輕一拋，不偏不倚地投入紙箱。

「你要許什麼願望？」我很好奇。

「我的願望爲什麼要說出來？」他白了我一眼。

啊，這種鄙視的眼神才是我熟悉的譚皓安！

房之羽跟著投了三枚硬幣，她大聲說：「希望我的考試成績能愈來愈進步。」

「這可能有點困難。」譚皓安說，我放聲大笑。

「你們閉嘴。」房之羽惡狠狠地瞪了過來。

既然他們都許願了，那我也來許個願望吧。

於是我也投了三十塊錢，閉上眼睛，雙手合十道：「請讓我成爲一個不會傷害別人的人，成爲一個會傾聽人們心裡話的人。」

張開眼睛，見譚皓安用一種堪稱怪異的表情注視我，隨即他的嘴角往上勾起，用嘴型無聲地對我說：「白痴。」

我應該要生氣的，可是我卻跟著他笑了，「你才白痴。」

連這句話都滿是笑意。

#

期中考考完以後，因爲我的成績有進步，是班上第五名，所以爸媽決定帶我出去吃飯，以資鼓勵。

他們特意選了一間知名的中餐廳，招牌菜是我最愛的北京烤鴨，酥脆的烤鴨皮沾上甜麵醬，眞的好吃至極，每一口都能讓我感受到滿滿的幸福。

「園遊會那天，我去過你們班上喔。」

正當我嘴裡塞滿烤鴨時，媽媽突然這麼說。

「不是叫妳別來嗎？我怎麼沒看到妳？」我十分驚訝。

「我也沒看到妳啊，你們班的攤位生意不錯，很多人排隊。」

「是啊，最後的營業額超出預期不少，大家說好期中考考完要用那些錢去聚餐。」我得意地說，而且我們班還得到學校頒發的最佳創意獎呢！

「話說，譚皓安最近還好嗎？」

又來了，媽媽眞的很愛問到他。

「沒什麼呀，一樣愛欺負我。」我隨口回答。

「是嗎？」這次她倒乾脆地沒再繼續追根究柢。

「那妳和校長談得怎麼樣？」爸爸問媽媽。

「還不錯，他似乎也覺得這個建議挺好的。」

「妳去找校長談什麼？」我好奇地問。

「我之前一直在思索一件事，對很多人來說，綠茵是一所很難進入的夢幻學校，所以每年校慶和園遊會對外開放時，人潮才會這麼誇張。於是我跟校長提議開放一個班級，讓其他高中的學生過來念書。」

我瞪大眼睛，「類似交換學生的概念嗎？」

「不太一樣，綠茵的學生仍然會留在綠茵，只是新設一個班級讓外校學生就讀。目前還在討論要將這個班級開在高一或高二，或者乾脆都開，至於爲期多久等執行細節也要再商討。」

聽起來很有趣，我眼睛一亮：「校長答應了嗎？」

「妳也覺得很有意思對吧，不過這個提案尚在討論階段，也需要徵詢其他學校的配合意願，所以妳不要把消息傳出去喔。」

「當然不會！」我一邊打包票，一邊把包裹著鴨肉與大蔥的捲餅塞進嘴巴，烤鴨的美味徹底征服了我。

這時我忽然注意到，前面那桌有個人的目光似乎落在我身上，定睛看去，發現譚皓安正舉起手機對著我，並朝我咧嘴一笑。

「咳！」我被他嚇得嗆到，差點把嘴裡的食物噴出來，鑑於他的手機鏡頭還對著我，爲了防止他拍到更難看的畫面，我扭過頭硬是嚥下已經變得有些難以下嚥的烤鴨。

「哎呀，這不是譚先生嗎？」媽媽察覺到我的不對勁，一抬頭便看見譚皓安一家坐在另一桌，立刻站起身打招呼。

「陳先生、陳太太，沒想到會在這裡遇見你們，眞是太巧了。」譚皓安的爸爸也跟著起身，他和譚皓安長得很像，但氣質差很多，一派溫文儒雅。

這是我第一次碰見譚皓安一家，他有兩個哥哥和一個姊姊，全都帶著斯文有禮的微笑。

「叔叔阿姨你們好。」我也連忙站起來打招呼。

卻見立在譚叔叔身後的譚皓安一臉憋笑，他的哥哥姊姊也神情古怪。

「寶貝，妳的嘴巴。」媽媽提醒我，我聽出了她話裡的恨鐵不成鋼。

我趕緊拿起桌上的紙巾擦嘴，放下紙巾一看，才發現原來嘴角沾滿了醬汁。

「眞不好意思，我們家女兒就是這麼迷糊。」爸爸笑著打圓場。

「哪兒的話，這樣滿可愛的。既然遇到了，何不乾脆一起坐，邊吃邊聊？」對於譚叔叔的提議，大家都沒有異議。

於是請服務生幫忙調整座位後，我們兩家人一同圍著大圓桌用餐。這頓飯頓時變得好尷尬，有外人在場，我就不能肆無忌憚地說話或大口吃東西，要一直叮囑自己保持儀態，並且適時微笑。

呼，這樣好累，好像在吃應酬飯。

譚皓安的表現也跟我差不多，坐姿筆挺，用餐動作優雅，但他平時在學校一貫如此，對他來說應該不算吃力，唯一的差別只在於他安靜多了，不再隨便出言欺負我。

「對了，聽說未來可能會開放其他學校的學生到綠茵就讀，是眞的嗎？」坐下來沒多久，譚阿姨忽然問。

媽媽放下筷子，喝了口果汁後，說：「這件事目前處於討論階段，細節也還有很多未確認，不過我覺得這是個讓各校學生互相交流的好方法。」

「綠茵會需要和其他學校交流嗎？我擔心會有素質不好的學生混進來，進而影響到原本在綠茵就學的學生。」譚阿姨的話聽起來頗爲刺耳，但也不是完全沒有道理。

「大家會有這方面的顧慮是正常的，一旦眞要施行，必定得同時規劃好完善的配套措施，讓此舉利大於弊。譚太太請放心，施行這項計畫之前，也會事先徵詢全校家長的意願。」

面對譚阿姨的質疑，媽媽不疾不徐地解釋，神態不失優雅從容，讓我好生佩服。

「這件事妳就別擔心了，陳太太做事我放心。」譚叔叔笑著換了個話題，「聽說書海這次考了第五名是嗎？眞厲害啊。」

「沒有啦，叔叔過獎了。」我雖然嘴上乖巧地應答，心中卻不禁嘀咕：譚皓安可是考了第二名啊！

我想譚皓安大概猜到了我內心的吐槽，所以他臉上才又是一副似笑非笑的模樣。

「皓安才更優秀呢，我們家女兒根本比不上。」媽媽又說。

現在是準備輪流貶低自家小孩，然後再讓外人稱讚嗎？眞討厭！

「是啊，皓安平時在學校幫了我很多忙。」我故意這麼說，見到譚皓安微微挑眉，有種莫名的勝利感。

「哦？皓安幫了妳什麼忙？能舉個例子嗎？」譚皓安的姊姊忽然反問，她手拄著下巴定定地看著我，那有點壞心眼的模樣看起來像極了譚皓安。

「這……」我頓時啞口無言，他哪有幫我什麼？他只會欺負我啊！

「難道妳剛剛只是在客套嗎？我們家小皓安眞的會幫別人的忙嗎？」譚皓安其中一個哥哥也發話了，還不客氣地伸手揉亂譚皓安的頭髮，看樣子身爲老么的譚皓安，不僅家中排行最小，在家中的地位也最低呢。

「不要弄啦！」譚皓安才剛推開一個哥哥的手，另一個哥哥又伸指戳他的臉。

看到這樣的畫面，我覺得很好笑，卻也莫名其妙地湧起一絲心疼的感覺。

至於爲什麼會心疼他，我想大概是因爲平時都是他欺負我，看慣了他作威作福的樣子，實在很不習慣看到他被別人欺負。

嗯，一定是這樣沒錯！而且就算他被人欺負，也該是被我欺負啊！

「他、他心地很好。」我想了一會兒，便出聲爲他辯駁。

譚皓安的三位兄姊不約而同朝我看來。

「心地很好？他哪裡心地很好？」其中一個哥哥說。

「之前我們學校舉辦園遊會的時候，他自掏腰包買下很多二手玩具、衣服，送給一些小朋友。」我靈光一閃，接著補充，「還有園遊會當天，校門口聚集了很多人，我不好意思在眾目睽睽下踏上專屬通道，而譚皓安明明人不舒服，卻還是陪著我一起走進學校。」

聞言，譚皓安的三位兄姊臉上笑容頓失，目光同時轉向譚叔叔與譚阿姨，而譚阿姨也臉色一變，立刻扭頭看向譚皓安。

「我沒事啦！」譚皓安神態自若。

「綠茵園遊會那天校門口聚集了很多人嗎？這是怎麼回事？」譚叔叔露出不太自然的微笑，看著我媽媽問。

「我之前聽校長說，在還沒到園遊會對外開放的時間之前，校門口就已經聚集了很多外校學生，所以校方才會用紅絨柱隔出一條專屬通道，好方便綠茵的學生進入。」媽媽解釋。

「嗯，對啊，其實有那條專屬通道對我們來說，進出方便不少，雖然被那些校外人士盯著看，多少會有點尷尬。」我察覺到氣氛好像不太對，趕緊補充說明現場的狀況，學校此舉確實是爲綠茵的學生著想。

然而我話一說完，除了譚皓安，譚家人的臉色全都更難看了。

譚阿姨再次憂心忡忡地問譚皓安：「你眞的沒事嗎？」

「我眞的沒事，媽，好了啦。」譚皓安微微扯起嘴角，還若有似無地朝我瞥來，像是在怪我多嘴似的。

「書海，妳說皓安那天身體不舒服，是怎樣的不舒服呢？」譚叔叔溫聲問我。

我有些猶豫，不知道該怎麼答，飛快掃了譚皓安一眼，他面無表情，完全看不出他在想什麼。

我只得小心措辭：「他當時臉色發白，身體好像在發抖，又站不太直，不過他很快就沒事了，後來也玩得很開心……」

我愈說愈小聲，不住地偷瞄譚皓安。

「皓安，以後碰上這種情形，你要記得跟我們說，我們會請校方安排讓你從別的地方進去學校。」最後譚叔叔這麼說。

「嗯。」譚皓安有些悶悶不樂。

怎麼辦？我說錯什麼了嗎？

譚叔叔畢竟是成年人，很快談笑風生地另起了幾個有趣的新話題，餐桌上的氣氛恢復輕鬆愉快，然而儘管我嘴角維持住了僵硬的笑弧，內心卻一直惴惴不安。

譚皓安嘴角的笑跟我一樣僵硬，這點讓我很在意。

於是，我偷偷用手機傳了訊息給他：「我說錯什麼了嗎？」

但譚皓安在飯局裡始終沒有拿起手機察看，他的三位兄姊也沒有，看樣子那是他們家的家規。

等到與譚皓安一家在餐廳門口道別後，才一坐上車，我就迫不及待地問媽媽知不知道剛剛是怎麼一回事。

坐在後座的我從後照鏡裡看到媽媽臉上流露出些許不知所措的神情，她輕輕嘆了口氣：「原本不想讓妳知道這件事，可剛才譚家人表現得那麼明顯，硬找個理由搪塞，妳也不可能會相信吧。」

「到底發生了什麼事？譚皓安該不會是……生病了吧？」我倒抽一口氣，聲音有些打顫。

「他確實是生病了，但病的不是身體。」媽媽看了正在開車的爸爸一眼，「你來說？」

「妳說就行了。」爸爸伸手拍了拍媽媽的手。

「譚皓安有個心病，原因我就沒細問了。我會知道是因爲，有一次他媽媽問我有沒有認識什麼不錯的精神科醫師，當時她曾簡短提到皓安在人多的地方會不自覺地休克，雖然已經多年沒犯過病了，可她依然很擔心，想再找個醫生檢查一下。」

「怎麼會這樣……」我焦慮地咬著手指甲，難怪當時譚皓安的表現會那麼奇怪。

手機傳來震動，譚皓安回我訊息了。

「白痴。」

簡短的兩個字，而且還是罵我的話，我看了卻覺得萬分抱歉。

我回傳了句「對不起」，然而他只再回了我一次「白痴」就沒有下文了。

也許我不該用LINE道歉，而是要面對面才行。

隔天一大早，我決定先去譚皓安家等他一起上學，除了要向他道歉，也想觀察一下他畏懼人群的症狀是否很嚴重。

如果我早知道的話，就不會讓他走那一條專屬通道了，要是他當時休克了怎麼辦？我愈想就愈害怕，也愈覺得歉疚。

我原本打算搭計程車過去，但轉念一想，決定要改變習慣，不再做出這種不符合年紀的舉動，一般的高中生不會以計程車代步，所以我從院子的儲藏室牽出了久違的腳踏車。

只不過沒想到騎腳踏車會這麼累，來到譚皓安家的時候，我已是滿身大汗，狼狽不堪了，我拿出手機傳訊息給他：「快出來，我在你家門口。」

訊息很快顯示已讀，我抬頭看向譚皓安位在二樓的房間，下一秒窗簾就被拉開，譚皓安走到陽臺，訝異地看著我，「妳幹麼？」

「一起上學啊！」我拍拍自己的胸口，表示我有認真聽別人的內心話了。

他露出嫌棄的表情，而後走回屋內，沒多久他打開一樓的大門走出來。

「妳來不會先通知喔。」他看起來很不耐煩，目光上下打量著我，「妳騎腳踏車過來？意思是妳騎車我走路嗎？」

「你也有腳踏車吧？我們一起騎車去上學，多青春啊。」我眨眨眼，故作俏皮。

「我的腳踏車前兩天送回店裡保養了，下來啦。」他催促我下車，還伸手拍了下我的手臂，嫌惡地說：「哇，都溼的。」

「很熱耶，你都不知道太陽有多毒！」我沒好氣地回。

我前腳才從腳踏車下來，譚皓安後腳就跨坐上去，我嚇得抓住龍頭，「你該不會要自己騎去學校，然後要我走路吧？」

「這個主意不錯，但我沒那麼壞，上車吧。」他噙著笑意。

「這麼好？」我趕緊趁他反悔前坐上腳踏車後座。

「妳怎麼沒有搭計程車過來？不是最愛搭了嗎？」譚皓安踩下踏板，姿態輕鬆得像是後座根本沒載人一樣。

「我想過了，覺得我還是做符合自己年紀的事比較好。」我告訴他，我把許多名牌包跟精品都放入防塵袋，收進最高層的櫃子裡，至少等到成年後再拿出來用，我想這麼做應該會比較合適。

譚皓安似乎很滿意我的作法，他點點頭，第一次沒有反駁我。

坐在他身後，我依稀可以看見他微笑的側臉，配合風和日麗的好天氣，讓我的心情瞬間大好。

「譚皓安，我昨天是不是真的說錯話了？」我拉了拉他腰際的衣服，問話的聲音雖然不大，但我知道他有聽見。

「反正妳就是一個白痴，我習慣了。」他低聲說。

「你還好嗎？我從我媽那裡聽說了，我能跟你聊這件事嗎？」

「爲什麼妳媽會知道？喔，這個問題是多餘的，一定是我媽告訴她的。」他自言自語。

「我可以當你的心事室喔，我保證不會告訴任何人。」

「爲什麼要告訴妳？」他似乎覺得我的提議很可笑。

但人就是要適時把心裡的煩惱或苦悶告訴別人啊，這樣才不會累積壓力，心也會比較健康。

我把這一套理論告訴譚皓安，他卻說：「心會生病的都是不夠堅強的人。」

這是什麼謬論？現在是誰生病了，不就是你生病了嗎？就是這樣的死個性才會生病吧！

「你眞的很乖僻。」我氣得捏了他的腰一下，可他的腰卻十分堅硬，很難使力，不愧是鐵石心腸的惡魔，連身體都硬梆梆的。

腳踏車停了下來，等待交通號誌轉綠。

這時，我忽然注意到走在路上的學生清一色都穿著米色上衣、綠色褲子，這才猛地憶起理光高中就在不遠處。

「欸，你往巷子裡騎啦。」我趕緊吩咐譚皓安。

「為什麼？直走才順路，而且轉進巷子走另一條路會碰上更多紅綠燈。」他以為我想繞道是因為不想等紅綠燈，於是條理分明地出聲反對。

我還來不及解釋，就已經瞧見兩張熟悉的臉。

孫孟楷和葉伊澄笑嘻嘻地走在腳踏車前方的斑馬線上，我緊張地將臉藏在譚皓安背後，內心暗自祈求他們千萬別注意到我。如果我只是安分躲著，應該就沒事了，偏偏我起了無謂的好奇心，探頭偷偷朝他們的背影望去，卻沒料到葉伊澄會忽然鬼使神差地回頭，與我對上眼。

死定了。

我想我的臉上一定和她一樣都流露出詫異的神色。

葉伊澄的眼神飛快地掠過我移到譚皓安身上，然後迅速回過頭和孫孟楷並肩走進理光的校園，她似乎沒有向孫孟楷提起看見我的意思，一步步遠離我的視線。

綠燈亮起，譚皓安踩下踏板，「她是誰？」

「你注意到了？」

「嗯，怎麼了？妳剛才就是為了躲那個女的，所以才要我繞道？」

「嚴格來說，是為了躲那一對男女。」我吐了口大氣，「那個男生是我前男友。」

譚皓安愣了一下，「劈腿那個？所以他旁邊的女生是他的新女友？」

「是啊。」我乾脆地答道。

幾輛機車從我們身邊呼嘯而過，譚皓安只要在下個路口轉彎，再直騎一段路就會到綠茵了。

「那女的看起來認得妳，妳們有見過面？還是本來就認識？」

我也沒想再瞞著譚皓安，便一股腦全盤托出，包括趁著放學去理光偷看葉伊澄的長相、帶著華佑惟一同出席同學會，以及葉伊澄如何在同學會上對我直言不諱。這些事林林總總地看下來，再加上我在園遊會時傾聽了不少人的心事，我察覺到自己確實有做錯的地方，除了檢討錯誤，我也想做出改變。

「說眞的，你是第一個告訴我該聽聽別人心裡話的人，但你講得太含糊了，我一開始眞的沒聽懂，難道你就不能說清楚點嗎？」我邊說邊埋怨地再次掐了他的腰，然而他好像完全不痛不癢。

「聰明人就能聽得懂，反正妳有做出改變就好。」譚皓安聳聳肩，隨著逐漸靠近綠茵的校區，街邊行走的女學生身上轉爲清一色鮮豔的紅色百褶裙。

「你當時應該對我溫柔點，畢竟我那麼難過。」我不服氣。

「想要有人對妳溫柔就去找華佑惟，更何況妳這個人最大的優點就是不會悲傷太久，很快就能振作起來，這樣不就好了？」譚皓安一副理所當然的樣子。

我不由得一愣，轉念一想，譚皓安眞的很了解我，我雖然是個愛哭鬼，但確實哭過就沒事了，不會讓自己一直陷在鬱鬱寡歡的情緒裡。

「妳帶華佑惟一起去同學會？妳該不會又做了什麼白目的事吧？」他忽然問。

「你幹麼說得好像我只會做白目的事一樣。」我小聲嘟囔。

不過他這次還眞的說對了，但我才不想讓他知道，反正我已經徹底反省過，也跟華佑惟道過歉了，就別跟他提起了吧。

只是不知道爲什麼，我沒有讓任何人知道一件事——華佑惟跟我告白了。

「譚皓安，你有被告白過嗎？」

「干妳屁事。」

「欸，你怎麼這樣對女生說話？我可是淑女耶。」

「淑女？妳老鼠啦！」譚皓安不以爲然地哈哈大笑。

他騎進綠茵的校園，來到腳踏車停車處，然後緩緩減速，我從車上跳下，在一旁等著他把車停好。

「所以妳今天來找我，到底是要幹麼？」

「我想問你爲什麼會害怕人群。」我暗自想著他大概不會願意告訴我。

「我不是害怕人群，只是不喜歡頂著眾人的目光走在一條人群夾道的路上。」譚皓安往前邁步，而我緊跟在後。

「就像園遊會那天一樣？我媽說，在那種狀況下你可能會休克，很危險。」他居然願意對我敞開心房，我立刻趁勝追擊。

「至少上次沒事。」他聳肩。

「你知道原因是什麼嗎？」我問。

心病的生成必然有其原因，只要能對那個原因釋懷，心病也許就會不藥而癒。拜之前看了不少心理方面的書籍之賜，我在心中簡單地下了個結論。

但譚皓安搖頭，明顯不願再多提。

造成嚴重後遺症的心病之所以難以治癒，就是因爲當事者大多不願意回顧痛苦的過往。

「反正碰上這種情況的機會不會太多，妳就別管了。」進教室前，譚皓安再三對我耳提面命，「別告訴任何人，知道嗎？」

「我不會說的啦。」

「你們兩個幹麼站在這裡不進去？」華佑惟正巧從教室走出來，被我們嚇了一跳。

「現在要進去了。」譚皓安隨口回了句，便走進教室。

「啊，早安。」因爲見到華佑惟，我有些不自然。

在他告白後，我們雖然有講過幾次話，但始終無法擺脫尷尬的氣氛。

「早安，快進去吧。」華佑惟對我微笑。

他的態度依然是這麼落落大方，可我卻用這種畏縮的態度回應，這大概已經在無形中對他造成傷害了吧。

「歐嗨唷。」剛從樓梯走上來的房之羽看起來心情很好，雙手搭在我的肩膀上。

「妳幹麼這麼開心？」

「今天不是要選在校生代表嗎？」她興奮地說。

在校生代表？那是什麼？

華佑惟也跟著點頭，奇怪，只有我不知道嗎？

「高三畢業典禮上，高一、高二每班都要派幾個人去參加，並且幫高三的學長姊送上畢業生花圈，妳忘了嗎？白時凜不是前幾天才講過？」

「有嗎？我怎麼沒印象？」我非常震驚。

「因爲妳在發呆。」房之羽嘿嘿笑著，步履輕盈地走進教室，「我一定要去，所以別跟我搶名額。」

誰要跟她搶啊？我才不想去高三的畢業典禮呢，又不干我的事，只是我沒想到房之羽會這麼期待，關於這點我還挺訝異的。

早自習開班會的時候，白時凜果然提到這件事，他說每班要派十位代表，屆時會場會搭建一條以花圈裝飾的通道，高一、高二的學生代表必須跟畢業生一樣，兩兩一排從這個通道進場，其他學生則坐在觀眾席觀禮。

白時凜特別強調這個活動很重要，代表著在校生送走畢業生，而畢業生會把掛在身上的花環交給在校生，有一種傳承的意味在。

我對這個話題沒興趣，所以偷偷在桌底拿出手機。

我幾天前已經把謝子晏的聯絡方式交給席奕寧了，至於她有沒有聯絡他，我並沒有過問。

找出自己與她的對話框後，我重新瀏覽過一遍，想確認自己沒有露出馬腳。

當時我先是把自己和謝子晏在綠茵園遊會上的合照傳給席奕寧，再傳訊息給她。

「妳看！照片裡的那個男生是謝子晏學長耶，我沒想到他竟然會來綠茵的園遊會，他還跟我說他以爲妳也念綠茵，這麼久沒聯絡了，學長居然還記得我們。」

「他變好多。」席奕寧的反應很冷淡。

「他好像從升上高中後就努力減肥。對了，他說下次要請我們吃冰，這是他的手機號碼和LINE的帳號，下次一起去吧。」

然後席奕寧就沒回應了，之後都是聊別的話題，所以到最後，我也找不到時機問她底有沒有加他的帳號。

「那就麻煩譚皓安了，鼓掌通過。」

全班突然響起一陣如雷掌聲，我嚇了一跳，匆匆把手機塞進抽屜，抬頭看向臺上。

黑板上寫著十個人的名字，其中包括了房之羽和譚皓安，只是譚皓安的名字特別被紅色粉筆圈了起來。

「我不太方便。」譚皓安一臉凝重地說。

我還搞不太清楚情況，趕緊向一旁的房之羽請教。

「已經選出歡送畢業生的人選了。」她邊說邊用力鼓掌起鬨。

「我知道，但大家要譚皓安做什麼？我剛才沒注意聽。」

「不是說了在校生代表也要走以花圈裝飾的通道入場嗎？白時凜說要派一個人打頭陣，我們一致推舉譚皓安，他那張臉多麼引人注目啊。」

我心中一驚，忍不住起身大喊：「不行！」

全班被我突如其來的吼叫嚇了一跳，掌聲一停，全朝我看了過來，連擰著眉頭的譚皓安也不例外。

「譚皓安不能走那條通道！」我跑上講臺把譚皓安的名字擦掉，改寫上自己的名字，「我來走！」

「妳？我們要譚皓安走是有理由的，而且現在的名單五男五女配得剛剛好，妳湊什麼熱鬧？」柯喻宸皺眉，她一說話親衛隊就跟著連聲附和。

「因爲……」我心慌意亂地看著譚皓安，如果讓他走那個通道，他一定又會發病，我絕不能讓他走！

「我那天家裡有事，不方便。」譚皓安站了起來，臉上雖然帶著微笑，話中的拒絕意味卻相當濃厚。

「既然這樣也沒辦法，那就換人吧，不過要換也要換個男生才行。」白時凜無奈地說。

我呆呆望著臺下的譚皓安。

「欸，妳快點下去啦。」白時凜拿起板擦將我的名字擦掉，我這才回神走向臺下。

譚皓安的眼睛始終盯著我，然後無聲地對我說了兩個字，我本來以爲他又要罵我「白痴」，但他卻說了「謝謝」。

有種奇怪的情緒在我內心瘋狂滋長，我忍不住朝他微笑，譚皓安明顯一愣，頓了幾秒後才摸了摸鼻子坐下。

那天晚上，我把整件事的經過都寫在日記裡，還畫了一張譚皓安的笑臉，總覺得那個笑容可愛無比。

我想我大概是生病了。

第六章

席奕寧今天穿著一襲藍色的碎花洋裝，頭髮束成馬尾，嘴上掛著我從沒見過的微笑，嘴裡咬著吸管，不時露出傻笑。

「妳怎麼了？」對於她異常的表現我有點擔憂，該不會撞到頭了吧。

「沒什麼，我等等要去約會。」她說完後還偷笑了一下。

「約會？跟誰呀？」不會是跟謝子晏吧，如果是這樣就太好了！

「我還不能告訴妳。」她傻笑幾聲，然後又歪了歪頭，「算了，先告訴妳好了。」

她拿出手機，點開相簿，我看見她和謝子晏的合照。

「啊！你們什麼時候出去的？所以你們在交往了嗎？」我興奮地大喊，想到謝子晏在園遊會時一臉的落寞，對比他在照片中的快樂神情，我發自內心地替他開心。

「沒有，還在曖昧中。不過如果他向我告白，我會答應。」她邊說邊用纖細的手指捲著頭髮，「妳給我他的聯絡方式後，我就主動和他連絡了，沒想到他會變這麼多。」

席奕寧注視著照片中的謝子晏，露出了些許痴迷的表情，我腦中忽然閃過一個念頭，頓時有點不安。

「欸，席奕寧，妳是對學長一見鍾情嗎？或者是以前跟他在國中就有曖昧？不然為什麼會這麼……進展神速？」我出言試探。

她沒有立刻回答，叉起桌上的蛋糕咬了幾口，似是陷入思索。

「國中時，我就覺得他個性很溫柔，還百般包容我，有段時間感覺他還不錯，可學長他……」她淺淺一笑，「他以前真的太胖了，那個樣子我沒辦法和他交往。」

我愣住，看著席奕寧用幾近嘲笑的口氣批評謝子晏過去的外型，然後又用痴迷的眼神注視著照片裡煥然一新的謝子晏。

「他其實始終沒有變過，一直是個溫柔的人……」我冷淡地說，謝子晏說過的那些話在我心中不斷回響著。

「我的個性明明沒有改變，接近我的人卻明顯變多了，我不免想著，那個女孩是否也是那種只看重外表的人呢？我很想確認這一點，所以今天才會來綠茵。見到她之後，如果她對我的態度轉爲熱情，我就會放棄這些年的執著；如果她對我依舊很冷淡，我就會想再試試看。」

「別裝好人了，書海。如果有兩個人個性一樣溫柔，但一個長相帥氣，一個卻是不修邊幅的宅男，妳要選誰？我以前是挺喜歡他的個性沒錯，可是並沒有到非要在一起不可的程度，但現在不一樣了，他的溫柔一如往昔，外表卻改變了，那當然要在一起啦。」

「妳真的這樣想?真的覺得外表比內心重要?」我認真地問著。

席奕寧皺了皺眉，似乎不是很開心我這麼問。

「妳聽到哪裡去了，我的意思是如果兩個人內在一樣，但是外型不一樣，正常人都會選外型比較出色的那一個啊。」她撇嘴，「妳不要裝好人喔，書海，人本來就會選擇對自己有所用處的人當朋友或交往，聽起來很現實，可是就是這樣，所以才會有『道不同不相爲謀』這句話，嚴格說來，如果對方完全不符合期待，就大可不必往來了。」

「照妳的說法，不就表示妳和我當朋友，也是因爲我有可以讓妳沾到好處的地方?」我話沒多想便脫口而出。

席奕寧臉色一沉，語氣尖銳了起來，「如果妳要這樣想也可以。因爲妳有錢，因爲妳在綠茵念書，因爲妳成績好又長得漂亮，所以我才和妳當朋友。」

席奕寧這番負氣的言論讓我非常生氣。

「妳怎麼可以這麼說!」我氣得幾乎拍桌，無法自控地大吼。

「是妳先懷疑我的!」她吼了回來。

咖啡廳的店員與客人紛紛朝我們看了過來，我原本還想再多吵幾句，但想起自己許下的願望——我希望能成爲一個不會傷害別人的人。

於是我開始思索，此刻席奕寧說的話是認眞的嗎?

不，那都不是眞的。我記得很清楚，我們從認識到熟悉都非常自然，是很談得來的好朋友，她是我們相識一年後，有天暑假來我家玩，才意外發現我家很有錢。

而且我國中還戴牙套，成績在當時也很普通，是請了家教老師後，我掌握了讀書的訣竅，成績才突飛猛進。

這一切都是在與席奕寧交好後才發生的，所以事實不是她說的那樣。

我深吸口氣，讓自己冷靜下來：「妳爲什麼要故意這麼說，要故意惹我生氣？」

「妳眞該看看自己剛才的臉，既然妳已經不相信我了，我又何必解釋？」席奕寧往椅背一靠。

唉，我怎麼就忘了，她就是這種個性的人。

倔強，好面子，也因此會說反話來維護自己的自尊。

「奕寧，妳眞的是因爲學長改變外型才要和他交往嗎？不是這樣的吧？如果眞是如此，妳當初就不會和他有曖昧了。」我定定地望著她。

席奕寧張嘴像是想辯駁些什麼，但在對上我極其認眞的目光後，迅速垂下雙眼，換了一副表情。

我一直把譚皓安要我學會聽別人內心話的忠告放在心裡。大家都說眼見爲憑，可是雙眼所見眞的就是事實嗎？說出口的話就一定是發自眞心嗎？

也許當人們口中說出傷人的話語時，內心其實正不斷發出痛苦的求救訊號。

「我……」席奕寧欲言又止，再次操作起手機，纖細的手指在螢幕上滑動，「我有件事一直想問妳，卻始終等不到合適的時機，結果等到妳和孫孟楷交往、分手，我都沒能問出口。」

「什麼？」

席奕寧把手機螢幕轉向我，裡面正顯示著一張照片。

照片裡是一對穿著國中制服的少年男女，席奕寧帶著稚氣的微笑對鏡頭比出勝利手勢，而一旁笑得靦腆的胖男生正是謝子晏，從背景看來，這張照片是在學校某處拍的。

「我當時就喜歡他了，可是我沒有自信。」她收回手機，露出苦笑，「我覺得自己的外貌並不亮眼，成績也不優秀，簡直一無是處，而偏偏集眾多優點於一身的妳是我的好朋友，我知道妳不會看不起我，但我總是不自覺地拿自己與妳比較。」

「我知道那不是她的錯，可是她的完美一直在傷害我。」

「我很擔心，也很害怕學長喜歡的其實是妳，我總覺得他喜歡的應該是更加閃閃發亮的人，我很沒自信，就算他跟我告白，我也不信。學長和妳也處得不錯，這讓我一直懷疑也許學長對妳懷有其他感情，即便妳和孫孟楷交往，那些不安還是存在於我的心中，所以我會情不自禁地和妳比較。」席奕寧緊咬下唇，「那時候我想去考綠茵，但我沒自信能考上，就算考上了，也沒自信和綠茵裡有錢人家的小孩或聰明的學生當朋友，加上妳也要考綠茵，一時間讓我覺得……好像一輩子都要活在妳的陰影下。」

「奕寧。」我趕緊握住她的手，沒料到自己會造成她如此深刻的自卑，「我們本來就是完全不同的人，沒有必要比較。」

「我知道沒有必要比較，但我忍不住啊，如果說每個人都有各自的心病，那這大概就是我的心病了。」她苦笑。

席奕寧說，當我第一次傳謝子晏的背影照片給她時，她就認出對方是誰了。

早在這之前，她就知道謝子晏的外型改變了很多，她一直有持續追蹤他的消息，只是她不免擔心，謝子晏的外型變好看了，那他的個性會不會也變了？

直到我又上傳了我和謝子晏在綠茵園遊會拍的合照，她更加難受了，滿心的不安與猜疑再次席捲而來，暗自忍耐了好幾天，才終於加了謝子晏的LINE。

「他一點都沒變，個性也和以前一樣，我這才發現原來自己還是很喜歡他，可是我能說嗎？我當年已經拒絕過他，還用傷人的言詞掩飾自己的不安，如今他變帥了，我還能說自己喜歡他嗎？他會不會懷疑我的動機？我倒寧願他保持從前那副胖呼呼的模樣，不然如何證明我的眞心？」她捂住臉，淚水從指縫間溢出。

「奕寧，妳一定要把這些話都告訴他，毫無保留。學長肯定能理解的，也絕對能從妳的話中感覺到妳的眞心。」

她戚然地搖頭，「雖然我覺得綠茵很不錯，但我從沒說過自己想念綠茵，我只說過妳想念綠茵，結果學長卻記成我去念綠茵，難道這不是表示在他潛意識中，眞正在意的那個人是妳嗎？」

「別傻了，奕寧，也許他就是眞的聽到了妳心裡的話，知道妳也想去綠茵，又或者是因爲他認爲我們很要好，所以才會覺得我們會一起念同一所高中。妳很漂亮，也很優秀，每個人都是獨立的個體，各有不同的美，正因爲如此，我們才獨一無二。」

我嘆口氣，然後又笑了出來。

「你們之間從來沒有阻礙，也沒有存在過問題，有問題的是你們無謂的自卑感。妳明明很在意他，他也一直在意著妳，爲什麼還不在一起？」

聞言，席奕寧先是睜圓了眼睛，隨即若有所思，過了幾分鐘，她破涕爲笑，「我是不是應該現在就過去找他？」

「是呀，妳快去吧，去把這些話都告訴他。」

「謝謝妳，書海。我很抱歉之前用有色的眼光看妳。還有老實說，當妳被孫孟楷劈腿的時候，我其實很開心。」

「開心？」

「因爲像妳這樣完美的女生也會感情受創，這讓我覺得我們稍微接近了一些。」她起身過來抱住我，還輕吻了下我的臉頰，「我眞的很抱歉。」

「我也很抱歉。」我搖頭，表示那都不重要了。

在不知不覺中，即便並非出自我的本意，也傷害了妳這麼多年。

「我更抱歉，關於我那無謂的自卑感。」她揮手道別，然後帶著美麗的笑容離開。

我一個人在咖啡廳獨坐，內心卻十分輕鬆喜悅，滿心期待晚些能聽見席奕寧與謝子晏的好消息。

這是這麼多年來，我第一次用心聽到了席奕寧的心裡話。

\#

期末考前，房之羽問我們要不要一起念書，說好聽點是讀書會，但本質是教學工作坊，畢竟我、譚皓安和華佑惟的成績都很不錯，不需要特別參加什麼讀書會，但房之羽就不一樣了。

「拜託，教教我吧！」她雙手合十，只差沒對我們三個跪下了。

「不用這樣我也會教妳的。」華佑惟這位好好先生一如往常地容易心軟，很快就答應了。

譚皓安聳了聳肩，對他來說，這樣應該就表示同意了吧。

「只是在那之前，妳要先知道自己哪裡不會，我們才好對症下藥。」譚皓安提醒。

房之羽沒有回答，吐了吐舌頭，答案不言而喻，她幾乎什麼都不會。

「妳到底是怎麼考上綠茵……好，算我白問了。」譚皓安一臉無奈。

這我倒是很清楚，當初房之羽是靠關係才進得了綠茵。

「我本來就不想念高中，想去念高職，但我父母為人專制，我只能來了！」房之羽搖頭晃腦，「在綠茵我也過得很痛苦啊，我恨念書，卻又不能讓他們沒面子。」

「其實只要抓到訣竅，念書也沒有很難。」我話還沒說完，房之羽就摀住了耳朵。

「我不想聽那些考試前幾名的人說念書並沒有很難！」

欸……難道我又不自覺擺出高姿態了？我暗自檢討自己。

「反正妳只求考試分數能及格就好了，妳純粹是想隨便應付一下父母。」譚皓安手上拿著一本雜誌，隨手翻過一頁。

「是啊，就是那樣，我不想花費太多時間在準備考試上，我有別的事要做。」房之羽開心地連連點頭。

「那週六我們要約圖書館，還是去其他地方？」華佑惟問。

「來我家吧，我家比較方便。」我提議，他們也都表示同意。

於是我把家裡的地址發給他們，順便傳訊息問席奕寧要不要一起來我家念書，但這個沉浸在幸福裡的女人毫不害羞地宣稱，她有「男朋友」可以教她。

她和謝子晏的後續正如我的預測，只要能鼓起勇氣向對方坦白心意，就進展得很順利。

雖然謝子晏曾擔心席奕寧是不是因爲他的外型改變，才答應交往，不過說到底，這些日子以來他始終把席奕寧放在心上，所以不管席奕寧心中究竟是怎麼想的，他應該都會把握與她在一起的可能。

從席奕寧分享的照片看來，他們似乎每次約會都以美食爲主題，吃了很多東西，席奕寧的目標是把謝子晏養胖，她宣稱這樣才不會有奇怪的女生靠近他。

看來這將會成爲謝子晏的另一個煩惱了。

「你們要開讀書會？」柯喻宸走了過來，她大概是聽到了我們的談話，「我也可以參加嗎？」

柯喻宸爲什麼想跟我們一起讀書？雖說平常也沒有跟她處不來，可我們和她的交情也只是泛泛，我沒有作聲，把話語權交給其他人。

「妳不需要念書吧？」譚皓安回話。

他說得沒錯，柯喻宸幾乎每次都能包辦第一名。

「怎麼可能不需要念書，我又不是天才。」柯喻宸看向我，「約好了要去妳家對吧？所以我想必須先徵求妳的同意。」

「這……」我有些爲難。

房之羽聳肩不表示意見，而華佑惟一定不會拒絕，因爲他就是個老好人。

所以我扭頭問譚皓安：「你覺得呢？」

他似乎有些訝異我會詢問他的意見，眉毛微微一挑，懶洋洋地答道：「隨妳。」

其實我很不想讓柯喻宸來我家參加讀書會，因為我們跟她稱不上太熟。但是柯喻宸家好像頗能在娛樂界呼風喚雨，媽媽可能會希望我和她打好關係。

「那好吧，我等一下把時間、地點發訊息給妳。」我想起席奕寧說過的，根據對方的背景考慮是否往來，這種完全出於現實的作法，在成人的交遊裡應該頗為常見吧。

「太好了，謝啦。」她微微一笑，轉身走開。

「沒想到妳會答應。」房之羽說完瞥了譚皓安一眼，又朝我挑眉。

「說不定她還能拯救妳其中一科呢。」

「如果眞的是那樣就太好了。」房之羽不以為意地從抽屜裡拿出漫畫。

「白痴。」譚皓安站了起來，語氣帶著些許怒意。

「幹麼罵我？你要去哪裡？」我抬頭看他，覺得很莫名其妙。

「廁所，妳要跟是不是？」說完，他逕自步出教室。

譚皓安的態度眞的超差勁的！

「別太在意，他可能心情不好。」華佑惟幫譚皓安緩頰。

「要是所有人都跟你一樣溫柔就好了。」我苦著臉對華佑惟說，「這樣世界一定更美好。」

房之羽的目光從漫畫移開，意味深長地朝我瞥了一眼，隨即又回到漫畫的世界裡。

「是這樣嗎？」華佑惟抓了抓後腦，不好意思地笑了。

「啊，我要去買飲料。」我拿了錢包就要起身。

「我跟妳去吧？」他問。

我猶豫了一下，點點頭，和他並肩走向合作社。

其實我一直在思考，是不是該回覆華佑惟了？距離他向我告白也過了一段時間，讓他這樣等著似乎不太好。

作為一個朋友，我的確很喜歡華佑惟，這點無庸置疑。然而談到愛情，我對他的感覺卻好像還不到那個程度。有時候我會感到很疑惑，愛情的定義是什麼，對一個人要懷有怎樣的感覺才稱得上是愛情？

我努力回想自己和孫孟楷最初交往的情況，以及我又是在什麼情況下確定自己喜歡上他的。但無論我如何努力回想，都記不起當時的感覺了。

大家都說，喜歡上一個人會心跳加速，會心動不已，也會心痛難受，然而那些感覺我已經記不清了，就連現在回想起當初被劈腿時的傷心，都好像是很久以前的事，又或者是發生在別人身上一樣。

我有些擔心，到底是時間沖淡了傷痛，還是時間證明了我沒有真的喜歡過他？

如果真的喜歡過孫孟楷，我怎麼會沒有發現他在我身邊時如此壓抑、如此痛苦？

愈是深想，我愈是迷惘。

但我相信，是否真的愛上一個人，還是要親自體會，才能得到屬於自己的答案。

我只能確定一件事，如果仍猶豫不決，就不該答應。

所以我下定決心，要找個合適的機會好好跟華佑惟說清楚。

「那個，佑惟啊。」

「嗯？」他轉過頭，嘴角掛著微笑。

我深吸一口氣，捏緊衣角，吞吞吐吐地說：「關於之前……」

「華佑惟，老師找我們兩個過去。」白時凜正巧從走廊另一端走過來，遠遠看到我們就拔高了聲音說。

「現在嗎？」華佑惟一愣。

「對，要討論在校生代表參加畢業典禮的事。」白時凜點頭。

貼心的華佑惟那時自告奮勇遞補了譚皓安的任務。

「好吧。抱歉，書海，不能跟妳一起買飲料了。」華佑惟彬彬有禮地向我道歉，然後就跟著白時凜走了。

我鬆了一口氣，卻又覺得有點可惜。好不容易下定決心要答覆他，居然被意外打斷，下次再要鼓起勇氣說出口，不知道要等到什麼時候。

買完飲料後，我在走回教室的途中把家中地址發給柯喻宸。才剛爬上二樓樓梯，我就發現譚皓安站在二樓走廊的另一端，我正想開口喊他，卻發現柯喻宸也在，兩人的面容意外地嚴肅。

這個組合有點奇怪，因此我本能地停下腳步，如果現在從走廊上經過，我絕對會被他們發現的。

看他們之間的氣氛好像不太對勁，我想起剛才譚皓安奇怪的舉止，以及柯喻宸反常地主動要求參與讀書會的情形，一時好奇心大起，想知道他們到底在說些什麼。

所以我快步走下樓梯，打算從另一頭繞過去偷聽。

一路上我心跳得飛快，除了好奇，還有另一種難以言述的情緒令我糾結不已，但我分辨不出那種情緒是什麼。

我放輕了腳步，屏住呼吸，小心翼翼地靠近樓梯間與走廊的轉角，太好了，他們兩個還站在原處。

「……那有什麼問題？」這是柯喻宸的聲音。

「妳明明就不是會參加讀書會的人，幹麼硬要跟來？」譚皓安說，語氣聽起來不僅頗爲不善，還很沒耐性。

「你果然是這種個性的人。」柯喻宸笑了聲，「這表示對你來說，我也變得特別了嗎？」

「隨妳怎麼想，反正禮拜六不要過來。」

「我剛剛收到書海發來的時間和地點了，屆時我定會準時參加。」

「那個白痴。」譚皓安幾乎是咬牙切齒地說。

哼，連我不在場，他都會罵我！

「你態度突變，是因爲我的告白嗎？」

什麼？

「難道你一貫會對那些向你告白的女孩子擺出這種態度嗎？」柯喻宸又問。

她話中的意思難不成是指一直以來有很多女生向譚皓安告白？

「我那時就拒絕妳了。」譚皓安口氣冷淡。

「我不接受那種拒絕，什麼叫做『現在不想談戀愛』？如果喜歡一個人的話，時間點根本不會是問題。」

「好，那我改一個說法，我一點也不喜歡妳，這樣可以嗎？」譚皓安顯然已經失去耐性了。

「現在不喜歡，不代表以後不會。」柯喻宸又說。

我眞佩服她的勇氣，居然有膽子這樣和譚皓安講話，重點是就算她被如此不留情面地拒絕，卻仍窮追不捨，這眞的是……

我眞想幫她鼓掌。

不過，竟然連柯喻宸那樣的美女都喜歡譚皓安，他眞的那麼有魅力嗎？而且她是什麼時候跟他告白的？在這之前我絲毫沒有察覺到那兩人之間有何異狀，也沒聽譚皓安提起過……

「反正妳不要纏著我。」譚皓安把話說得很重，不過柯喻宸顯然並不以爲意。

「我第一次遇到對我完全不感興趣的男人，所以我覺得一定就是你了。」柯喻宸的話難掩高傲。

與其說她喜歡譚皓安，不如說是想征服他吧……

「對妳沒興趣的人多得是，不差我一個。」譚皓安很是不屑，「跟妳講話很浪費時間，別再來煩我了。」

語畢，他重重的腳步聲逐漸遠離，而柯喻宸則忿忿地低喃了句：「我就不信有男人會不喜歡送上門的美女。」

她竟然自稱是美女，雖然她的容貌確實擔得起這個詞，但親耳聽見她這麼說自己，就有種說不上來的奇怪感覺。

直到柯喻宸也離開後，我才匆匆跑回教室，恰好趕上上課鐘響。

我回到座位坐下，正在看漫畫的房之羽瞥了我一眼，忽然大驚失色地喊：「妳在幹什麼啊！」

「蛤？」我不明白她在說什麼。

房之羽指向我身上，「妳的衣服怎麼弄成這樣？」

我低頭看向自己，只見上衣和裙子都被飲料弄溼了好大一塊，這才發現手上的飲料不知何時潑灑了出來，可是我卻一無所覺。

「書海，妳沒事吧？」華佑惟拿起他的外套披在我身上，「妳趕快去洗手臺洗一下。」

班上有些同學看著我直笑，譚皓安冷著臉走過來，把他的運動服丟給我，「去把身上的衣服換下來。」

「你怎麼會有運動服？今天又沒體育課。」房之羽一臉好奇。

「前天上完體育課後，一直忘記帶回家。」

「言下之意就是這套運動服你穿完沒洗，肯定臭到不行！」我雖然嘴巴上埋怨，心裡卻覺得很開心。

「白痴，總比妳穿著一身溼答答的衣服好，而且飲料含糖，乾掉以後會變得黏黏的，那更噁心。」譚皓安說完便回座。

「走吧，我們快去洗手間。」華佑惟拉起我的手腕，但被我下意識地甩開，他被我的舉動弄得一愣，「書海？」

「我自己去就好了。」我乾笑了一聲，拿起譚皓安的運動服就往外跑。

怎麼回事？我到底在幹什麼，爲什麼會甩開華佑惟的手？

跑出教室前，我偷偷朝柯喻宸瞥了一眼，她似乎很不滿譚皓安把衣服借給我，露出了嫉妒的神情。

唉唷，好可怕。

我進到廁所裡脫下制服，驚訝地發現連穿在裡面的小背心都被飲料滲進去了，溼成這樣我居然都沒發現。

穿上譚皓安的運動服後，鼻間頓時嗅聞到些微汗味，以及一股屬於他的味道，我忍不住嘿嘿傻笑了兩聲。

然後我走到洗手臺前，用大量的清水沖洗制服，再用手擰乾，可惜學校裡沒地方可以曬衣服，我只能帶回家再處理，眞是麻煩。

穿著譚皓安的運動服走回教室，老師看了我一眼後說：「沒見過這麼迷糊的學生。」

班上哄堂大笑，我也跟著傻笑，譚皓安一如往常地對我罵了句「白痴」，可是這一刻的我卻覺得那句話跟以前完全不一樣。

也許眞正不一樣的，是我的想法吧！

#

時間很快就來到了星期六，我叮囑爸媽等會兒見到譚皓安千萬不要再亂說話，畢竟這次還有很多同學在場。

「哎呀，讓大家知道譚皓安是妳的不是更好。」媽媽睜眼說瞎話。

我的老天爺呀，媽媽到底在想什麼，居然變本加厲到把譚皓安說成是我的。

「反正等一下安靜一點，對了，你們不是要出去嗎？」有這樣的父母，我實在莫可奈何。

「是啊，見過妳的朋友後再出去。」爸爸悠哉地坐在沙發上邊看電視邊回話。

約定的時間到了，門鈴準時響起，也不知道是不是事先約好了，他們四人同時出現在門口，連柯喻宸也不例外。

「叔叔阿姨好。」四個人齊聲向我爸媽問好。

「歡迎歡迎，皓安呀，好久不見了。」媽媽刻意對譚皓安多問候了一句。

「阿姨好。」譚皓安回以微笑。

柯喻宸穿著一襲布料輕透的淺綠色洋裝，看起來很漂亮，她將手上的禮盒遞給媽媽：「阿姨您好，這是一點小東西，不成敬意。」

「哎呀，人來就好了，何必帶禮物呢？妳是柯家的千金吧。」媽媽的臉上堆滿笑容。

柯喻宸笑著點點頭。

我心中暗想，感覺那份禮物不要收下比較好。

不想讓他們再跟爸媽多聊，我連忙把他們帶進書房，直到媽媽送上茶水點心，並且和爸爸相偕出門後，我才大大鬆了一口氣。

「這還是我第一次來妳家，妳家真的大得很誇張。」等確認我爸媽都出門了以後，房之羽露出本性，四處東張西望，還大剌剌地品頭論足起來，「我還以為到了羅浮宮呢。」

「我又沒去過羅浮宮，而且哪有妳說得那麼誇張。」

「相信我妳家真的很大，很少有人能在寸土寸金的臺北住這種占地廣大的獨棟別墅！」房之羽打開門，探頭又看了一下，才嘖嘖稱奇地回到位子上坐好。

「有啊，譚皓安家也是這樣啊！」我拉譚皓安下水，他嘖了聲。

「喔，妳去過他家啊？」柯喻宸似乎意有所指。

「只去過他家門口，沒進去。」我沒多想便解釋道，可一說出口就覺得有些後悔，也許該讓她誤會點什麼比較好。

我可不是別有居心，我只是為了譚皓安著想，因為他想要擺脫柯喻宸不是嗎？

「好啦，聊天打屁就到這結束，今日讀書會最重要的主角是我，來吧，各位受到讀書之神眷顧的大神們，幫幫我吧！」房之羽把一疊課本放到桌上，對我們畢恭畢敬地行了個鞠躬禮。

「多餘的行為就免了，妳是哪科有問題？」譚皓安坐直身體，從背包裡取出黑色的鉛筆袋。

不知道為什麼，光看到他用鉛筆袋的這種小細節都讓我覺得他很可愛。

「我每科都有問題。」房之羽隨手翻了幾頁數學課本，又忽地驚恐闔上，「數學好像問題最大，先看別科吧。」

「有問題的是妳的腦袋吧。」譚皓安忍不住吐槽。

「先從簡單的科目開始好了，英文只要理解文法、背好單字，拿分很容易……」柯喻宸邊說邊翻找桌上的課本，但卻沒找到英文課本。

「之羽的英文非常好，不需要幫忙。」我提醒柯喻宸，房之羽的英文好到像是歸國華僑。

「沒錯，因為小時候照顧我的保母是來臺學中文的外國人，耳濡目染之下，我的英文程度絕對比在座的各位都好。」她雙手叉腰，驕傲地挺起胸膛。

「根據妳過往成績來看，妳的數學特別不好。」華佑惟滑著手機察看，也不知道他哪來的資料，竟然會有全班的成績單。

「那就先從數學開始吧。」譚皓安找出數學課本，「書海，我記得妳數學也最糟。」

「糟歸糟，但起碼也有八十分。」我迅速發話，以免他把歪腦筋動到我頭上。

「對，在場只有我是笨蛋，我上次數學小考只拿了二十分。」房之羽垂下頭。

「不不不，我不是那個意思。」我趕緊補救。

「數學其實很容易，只要想像是在玩捉迷藏，某個數字躲在叢林中，等著我們把它找出來，這麼一想，就會比較容易了吧？」華佑惟說得輕鬆，不過順著他的話這麼一想，確實讓人感覺數學解題好像也沒那麼可怕了。

於是我們一行五人各自拿出數學課本，開始與數學奮戰，有不懂的地方就隨時提出來一起討論。

過了大概半小時，我發現譚皓安面前的課本從數學換成了化學，難道他已經把這次考試範圍的數學部分都讀完了？

除此之外，我還發現房之羽的理解能力很好，只要跟她講解過一遍，她很快就能掌握要領。仔細想想，房之羽雖然平時小考的成績不太理想，但大考反倒都還勉強過得去。

想來原因很明顯，因爲她平時根本沒有念書，每次都逼近大考才臨時抱佛腳，如果她平時願意認眞念書，要在大考拿下好成績應該並非難事。

我把這個想法說出來，可房之羽聽完只是聳肩，把最後一塊餅乾吃掉：「我平常不念書的，太浪費時間了！」

柯喻宸說：「雖然妳成績不怎麼樣，但妳很會畫畫，園遊會時我負責收錢，聽見很多排隊的人都稱讚妳畫的海報很漂亮。」

「我喜歡設計，也喜歡繪畫，那些才是我眞正想做的事！偏偏我父母堅持要我念綠茵，也行，我可以當他們心目中理想的女兒十八年，不過等我高中畢業，我一定要做自己眞正想做的事！」

沒想到房之羽考慮得這麼多，看樣子家家都有本難念的經。

「加油，我會支持妳的。」華佑惟鼓勵她。

房之羽笑著向他道謝，雙眼神采奕奕。

我注意到桌上的茶點已經吃得精光，於是便跟大家說要去廚房補充一些飲料和點心，就走出書房。

柯喻宸送的禮盒被媽媽收進冰箱，我蹲著偷看了一下，發現居然是進口的高級火腿，看起來眞不錯啊，好想偷吃一片。

「白痴，妳在幹麼？」

譚皓安的聲音忽然在我背後響起，我嚇了一跳，立刻站直身體，頭頂卻重重地往他的下巴撞了上去。

「白痴！妳在幹麼啦！」他吃痛地揉著下巴。

「你才幹麼！嚇我一跳！」我趕緊關上冰箱，「你怎麼跑出來了？」

「我出來跟妳說，我只要開水，不要飲料。」然後他突然壞笑，把手機舉到我面前，「妳看這個。」

定睛一看，竟然是我剛才對著火腿流口水的照片，我瞪著他大叫：「你又亂拍什麼醜照！刪掉啦！」

「才不要，這是第九十張。」

我一愣，「什麼時候這麼多張了？」

「妳可笑的時間點實在太多，所以很快就能拍下這麼多照片。」說完，他眉頭一皺，露出一副困擾的神情，「對了，那一百塊什麼時候還我？」

「啊！一直忘記，我現在就去房間拿錢。」

「不急，妳先把飲料跟點心端進去吧。」他嘴角高高翹起，看起來心情非常好。

他走出廚房，來到通往書房的走道。

我追過去並叫住他，「譚皓安，那個……」

「嗯？」他轉過身，好奇地望著我。

我用力搖頭，「沒事。你先進去吧，我另外再裝一杯開水給你。」

「幹麼？想說什麼就說啊。」他朝我走來，臉上掛著討厭的壞笑。

「嗯，現在不太方便說。」我不禁扭捏起來，看了一眼書房緊閉的房門。

他注意到我的視線，跟著回頭看了一眼，「怎麼了？妳要說的事跟現在在書房裡的某個人有關？」

我點點頭，譚皓安走近我，低聲說：「門關著，他們聽不到的，妳要說什麼就直說吧。」

我又瞄了書房的門一眼，確定門的確關得很緊實，才猶豫地開口：「柯喻宸是因爲你的關係才來的吧？」

譚皓安挑眉，「我還以爲妳不會問。」

什麼意思？

「那妳覺得原因是什麼？」

「嗯，其實我並不需要猜測，事實上我都聽到了。」

他臉上流露出一絲意外，略略瞪大了眼睛，「妳聽到了？妳聽到什麼了？但綠茵草原那邊又沒有地方可以躲，我怎麼可能會沒看見妳！」

他搞錯了，以爲我聽到柯喻宸向他告白，所以柯喻宸是在綠茵草原告白的嗎，還眞是青春啊……嗯，這股沒來由的酸楚是怎麼回事？

「不是，我是在學校二樓的走廊附近聽到的。」我抬手捏緊胸前的衣服，想驅散心口的那股酸澀感。

「啊，啊啊，我搞錯了，抱歉。」譚皓安聳肩，「反正就是那樣，這件事我會自行解決的，不好意思給妳添麻煩了。」

「幹麼爲了柯喻宸跟我道歉，你該道歉的是平常總欺負我吧！」我氣呼呼地說，覺得他實在有夠莫名其妙。

「幹麼忽然生氣？」他微笑，「妳不高興？」

「沒有！」我別過頭，眼角餘光卻發現他又拿起手機拍我。

「九十一張。」他賊兮兮地笑。

「走開啦！」我想把他推開，但沒想到他動作敏捷地又拍了一張，還用嘴型無聲示意「九十二」。

「你們在幹麼？」柯喻宸不知道從哪裡忽然冒了出來，嚇了我們好一大跳。

沒聽到門的開關聲啊，我瞄向書房，房門依舊緊閉，所以這表示柯喻宸剛剛本來就不在書房嗎？

「我去端茶點。」我趕緊跑回廚房，而譚皓安則直接打開書房房門走進去。

我剛走進廚房，就發現柯喻宸竟亦步亦趨地跟在我身後。

「我來幫妳吧。」

「不用了，我很快就好。」我連忙婉拒，不知怎麼地，我就是不想跟她單獨相處，譚皓安這個王八蛋，居然把這個燙手山芋扔給我。

「妳喜歡譚皓安嗎？」她突然丟了一記直球，嚇得我差點失手打破桌上的杯子。

「沒有啊，怎麼這麼問？」我裝作若無其事。

「是喔，那對不起嘍。」說完，她轉身往書房走去。

她跟我道歉做什麼？因爲誤會我喜歡譚皓安嗎？她是會爲了這種事跟我道歉的人

嗎？

柯喻宸離去前的神態讓我有點不安，但我又想不出個所以然來。

我愣了好一會兒才回過神，把餅乾、蛋糕等點心放到碟子上，將果汁倒入空杯，還不忘另外爲譚皓安準備一杯開水。我端著裝滿一整個托盤的茶點走進去，只見柯喻宸背對著我，正在對其他三人侃侃而談，而他們的表情都有些凝重。

「所以說呀，眞的很抱歉，我不知道皓安你有這樣的心病，不然就不會推薦你領頭走畢業典禮那個通道了。」柯喻宸的嗓音甜美，卻聽得我背後升起一股惡寒，「還有，原來佑惟你喜歡書海啊，我覺得你們很相配喔。」

「妳在幹什麼！」我不可置信地大喊。

柯喻宸回過頭看著我，眼神無辜。

「我只是覺得既然大家都是好朋友，那就要互相坦承心裡的祕密，理解彼此的顧慮，如此一來，以後才不會逼對方做出不想做的事。」

柯喻宸臉上的微笑看起來十分可怕，我不敢多看，迅速將視線移向譚皓安，他的表情異常嚴肅。

譚皓安猛地從椅子上起身，把課本、文具一股腦地掃進背包，快步朝我走來。

「譚皓……」見他這樣，我有些心慌意亂。

他完全沒有理會我的意思，逕自大步向前，我神思不屬地想迎過去，不料卻被他揮起的手掀翻了手上的托盤，茶點與杯碟散落一地，奶油與果汁也濺得我一身。

但他還是連看都沒看我一眼，腳步絲毫未停。

我愣了幾秒，回神後馬上追了出去，正好拉住在玄關穿鞋的他，「譚皓安，等我一下，聽我解釋……」

「妳以爲妳很了解我嗎？妳根本不知道之前在我身上發生過什麼事才讓我變成那樣，妳怎麼可以把事情說出去？妳答應過保密的！」他氣沖沖地朝我咆哮。

「我沒有說出去，相信我！我眞的沒有……」我被他的怒吼嚇到，囁嚅地爲自己辯解。

「妳不是說要成爲不會傷害別人的人嗎？」譚皓安的眼裡盛滿痛苦，「那我告訴妳，妳今天傷害到我了。」

我的眼淚在譚皓安用力甩上門後掉了下來，我全身脫力地蹲坐在原地放聲大哭，心中既難過又委屈。

柯喻宸等人不知何時從書房裡走出來，全程目睹了譚皓安的怒氣與我的傷心。

房之羽大聲斥責柯喻宸：「妳說這些做什麼？妳腦子有病啊？妳根本是故意的！」

「我就是故意的，怎麼樣？」柯喻宸態度挑釁。

「不是我說出去的，我什麼都沒有說！」我歇斯底里地大哭，華佑惟立刻跑來安撫我，一如往常的溫柔。

「我也沒說是妳說出去的啊，但妳看皓安他連問都不問，一下子就懷疑到妳身上，可見他也沒多信任妳。」柯喻宸歪著頭，語氣中帶著一股殘酷的快意，依然掛在臉上的微笑看起來分外猙獰。

房之羽彷彿想到了什麼，忽然問我：「妳的房間在哪裡？」

我抽抽噎噎地止不住哭泣，幾乎不能言語，只能舉起顫抖的手指向書房對面的那間房間，房之羽立刻衝過去打開房門，進入了我的房間。

柯喻宸則步履輕盈地回到書房，背起包包走了出來。

「找到了，妳剛剛偷看了書海的日記對吧？我就納悶為什麼妳說去廁所卻朝反方向走！」房之羽走回客廳，臉色凝重，手上拿著我的日記本對柯喻宸說：「妳是因為偷看了書海的日記，才會知道譚皓安的祕密。」

「那又怎樣，反正皓安就是不相信她。」柯喻宸走到玄關，穿上她那雙精緻美麗的娃娃鞋，「我要回去了，今天謝謝招待。」

她像個儀態萬千的公主，朝我們點頭致意後，就高傲地揚起下巴離開。

「哇……」我不斷哭號，腦中不時浮現譚皓安鐵青的臉龐，還有他甩開我時的狠勁。

他沒告訴我他的心病是什麼事造成的，而我也慶幸他沒告訴我，不然我大概也會寫進日記本，然後被柯喻宸看見……不，我根本不該把祕密寫在日記裡，連提都不該提的，不管譚皓安相不相信我，他的確是被傷害了。

儘管不是存心的，我還是傷害了他。

「我現在就去找譚皓安，如果可以，我眞想先揍柯喻宸一頓，但在那之前我得先跟譚皓安解釋清楚。」房之羽帶著我的日記本頭也不回地衝出玄關。

華佑惟拉著我站起來，「不要再哭了，沒事的，之羽不是說會去找譚皓安幫妳解釋了嗎？」

「來不及了，傷害已經造成了。」我絕望地說。

「皓安也同樣傷害妳了。」華佑惟把我帶到沙發上坐下，「不要哭，我會保護妳的。妳的衣服髒了，快點去洗澡、換衣服吧，這段時間我先去把書房收拾乾淨好嗎？」

我沒有吭聲，眼淚源源不絕地滾落。

他用手指爲我拭去淚水，溫聲說：「不要再哭了，一切都會沒事的，不管怎樣我都會站在妳這邊。」

「我沒有把譚皓安的祕密告訴任何人，我也不會告訴別人。」我扭頭看向華佑惟，透過一層淚霧，我其實看不清他臉上的表情。

「我知道，我相信妳不是那樣的人。」

我微微扯動嘴角，心裡依然苦澀難耐，怎麼也無法止住淚水，「要是譚皓安跟你一樣溫柔就好了。」

「但是他終究不是我。」華佑惟溫柔笑道，「妳這個樣子我看了很難過，皓安聽了之羽解釋後就會理解的，所以妳不要哭了，我最怕看見女生哭，快點去重新打理一下自己好嗎？」

「你會一直待在這裡吧？」我胡亂抹去頰上的淚痕。

「會的。」

「謝謝你一直都在。」我盡量擠出一個微笑，「也希望你一直都在，像現在這樣，以現在的身分。」

「嗯。」華佑惟點頭。

他應該聽得懂我說的話，他向來很聰明。

我選擇在這個時間點，透過委婉的方式告訴華佑惟，就是希望他能以朋友的身分待在我身邊，永遠是我忠實可靠的好朋友。

在浴室的熱氣氤氳中，本已止住的眼淚又重新溢出了眼眶，我想譚皓安在得知自己誤會我後，一定會很自責，但我一點也不怪他，一點也不。

可是，他的祕密終究是被人知道了。

柯喻宸不是喜歡他嗎？做出這種行爲也能稱得上是喜歡他？

就算我不知道愛情確切的模樣，也知道眞的喜歡一個人，就絕不忍心傷害對方，如果只因自己求不得就想毀了對方，那根本就不是愛，只是自私的占有罷了。

我從不曾覺得柯喻宸眞的喜歡譚皓安，從上次偷聽她和譚皓安的那場對話中可以發現，她之所以會向譚皓安告白，只不過是因爲譚皓安不理她，她就像看到一座高不可攀的山峰，產生了征服的欲望。

柯喻宸是如此聰明漂亮，甚至還有親衛隊前呼後擁，誰知她眞實的個性那麼的陰狠惡毒呢。

當我步出浴室時，華佑惟已經把書房裡打翻的杯碟、茶點都清理乾淨了，我這才恍然意識到自己有多失禮，居然讓他去整理那一室狼籍，頓時心中滿是歉疚。

「天啊，華佑惟，眞的很不好意思，我剛剛失魂落魄的，竟然讓身爲客人的你去清理書房。」見他正在廚房洗抹布，我趕緊阻止他。

「沒關係啦，而且嚴格說來，也是『客人』弄髒妳家書房的，所以就讓我來清理吧。」

「可是這……」我還是覺得話不能這麼說。

「妳先去吹頭髮吧，免得感冒。」

「華佑惟，我一定會補償你的，謝謝。」我雙手合十，跑回房間將頭髮吹乾。

才剛放下吹風機，就見房之羽傳了訊息過來。

「總算追上譚皓安，也跟他解釋清楚了，啊！等一下，有件事要先跟妳說，爲了跟他解釋，我和他一起看了妳的日記……，那個，妳喜歡譚皓安嗎？」

現在是什麼情況？我是不是喜歡譚皓安跟我的日記有什麼關係？

我正準備要回訊息，卻突然接到譚皓安的來電，嚇得我差點把手機摔出去。

「喂……」我做了次深呼吸才接起電話。

「對不起。」譚皓安劈頭就直接道歉。

「沒、沒關係啦。」我覺得有些彆扭。

「房之羽說妳哭得很傷心，眞的很對不起，我不該那樣，我應該要相信妳的。」譚皓安聽起來很自責，他的反應我早就猜到了。

「眞的沒關係，是我不該把這件事寫進日記，這下子大家都知道了……」

「誰知道她會私下跑進妳房裡偷看妳的日記，那個女人也太可怕了！」譚皓安講起柯喻宸就滿肚子氣，「我眞的很抱歉，我願意向妳下跪，也願意爲妳做任何事，請妳原諒我。」

沒想到譚皓安會對我說出這樣的話，雖然他剛才眞的很過分，可我本來就沒有生他的氣，甚至還因爲他現在的溫柔而心中一動。

「但是……」我話還沒說完，手機就被人抽走。

我疑惑地回頭，看見華佑惟臉上帶著微笑，把我的手機放到耳邊。

「沒關係，皓安，你不用自責。」他輕聲說。

「華佑惟，你幹麼啦！」我伸手想要拿回手機。

椅子上。

華佑惟完全沒有還我手機的意思，笑笑地把我輕輕往後一推，讓我坐到化妝臺前的

「只是不能再有下次了，你讓我女朋友哭得那麼傷心，我可不希望她再為別的男人哭泣。」

聞言，我瞪大眼睛，不敢相信自己的耳朵。

「華佑惟，誰是你女朋友？」我傻愣愣地問。

他掛掉電話，把手機放回化妝臺上，對我露出一個溫柔至極的微笑，「妳呀。」

「我沒有，我剛才不是……」

「妳剛才不是對我說『謝謝你一直都在。也希望你一直都在，像現在這樣』嗎？意思就是妳答應跟我交往了。」

「不是，我不是那個意思……」我想站起來反駁，但他的雙手輕柔地按在我的肩上，不讓我起身。

那股力道很輕、很溫柔，卻也很沉重。

「妳就是那個意思。」他微笑依舊，「這一次，我一定會保護妳，永遠永遠。」

第七章

先將譚皓安借我的運動服用洗衣精洗過，再用柔軟精浸泡，烘乾之後，衣服散發出一股清新的香味。

我小心地將運動服摺好，收進紙袋，打算明天帶去學校還他。

想到明天就能見到譚皓安，我有些開心；可是想到明天也會見到華佑惟，我又有些不安。

昨天華佑惟對我說出了那些令人匪夷所思的話後，家中門鈴恰巧響起，然而他的雙手依然搭在我的肩上，沒打算移開。

他直勾勾地看著我，眼角微彎，笑意卻未達眼底。

恐懼。

那是我最先感受到的情緒。

華佑惟令我感到恐懼。

但他很快又笑得如往常般親切溫柔，彷彿剛剛只是我的錯覺。

他鬆開雙手，而我全身僵硬，花了一點時間才總算找回身體的自主權，緩緩站起身，然後飛也似地往玄關奔去，像是逃命一樣。

打開大門，看見門外的人是房之羽，這才想起她的包包還在我家。

我緊緊抱住她，忍不住渾身顫抖，她以為我仍然在擔心譚皓安的事，抬手摸了摸我的頭髮，安撫我說已經沒事了。

等到她看見華佑惟從我房間走出來，她愣了下，把日記本還給我後，便說時間不早，她和華佑惟都該回家了，也讓我自己一個人冷靜一下。

「後天見，書海。」華佑惟在離開我家時，站在玄關對我這麼說。

他微微駝著背，臉上掛著親和的笑容，在我眼中卻有種說不出的怪異。

華佑惟到底是怎麼了？

經過兩天的沉澱，時間來到星期一早上，我想也許是自己的表達能力不足，以致於沒有讓華佑惟理解我當時眞正的想法，我決定今天一定要找時間跟他說清楚，不要讓他繼續誤會下去了。

和爸媽道別後，我走出玄關，看見一個身影突然從旁邊的圍牆陰影處竄了出來。

在那一瞬間，我的心臟猛地一跳，擔心來人會不會是華佑惟，直到看清譚皓安那張寫滿尷尬的臉，我才稍稍鬆了口氣。

「你怎麼來了？」我關上鐵門。

「我來找妳一起上學，之前妳不是也來過我家找我一起上學嗎？」他似乎有些不知所措，笑容微微地不自然。

譚皓安這副模樣我還是第一次看見，覺得十分新鮮。

「你不用這樣，我根本就沒有生你的氣。」我知道他爲什麼會過來。

「但我確實傷害了妳，不管怎樣，我都不該對妳說那些話。」他愧疚地不敢直視我的雙眼，口氣卻相當誠懇，「當時我應該要相信妳的。」

「在那種情況下是難免的。我眞的不怪你。」我也誠摯地說。

他微微鬆口氣，與我並肩走在通往學校的路上，沉默了一陣，他開口道：「我告訴妳，爲什麼我會如此害怕頂著人群的目光走路吧。」

「你不用勉強告訴我，要是又不小心被別人知道……」

「我後來想了想，其實被別人知道也沒什麼關係，是我自己覺得丟臉，一心想要隱瞞，結果反而……」他聳聳肩，好像是眞的不在乎了，原來一夜長大這種事是眞的存在啊。

「那我這次不會再寫進日記裡了。」我打趣地說，他也被我逗得忍俊不住。

譚皓安是么子，與哥哥姊姊的年紀有一段差距，他出生時三位兄姊都已經是小學生了，而父母則正值事業忙碌的階段。

如同他上次與我說的一樣，父母把他送到外婆家寄住，由外婆撫養照顧，因此他的童年幾乎有一大半的時間都在外婆家度過，他的態度也從一開始的排斥與難受，逐漸轉爲打從心底的接受與認可，比起回到都市與父母團聚，他似乎更習慣無憂無慮的鄉間生活與疼愛自己的外婆。

在譚皓安即將升上小學三年級那年，他的父母開車載著全家過來外婆家，打算接他回去一起生活。對這一幕，他印象很深刻，當時父母和三位兄姊就站在車旁，每個人的目光都落在他身上，等著幼小的他走過去。

外婆推著他說：「快跟爸爸媽媽回家吧，偶而有空了要記得過來看我呀。」

那段通往車子的路程極短，卻令他心生莫大的恐懼，他捨不得離開外婆，總覺得走上的那條道路將會帶他走向某個未知的地方。

想到要回去一個曾把他往外推的「家」，他不禁遲疑了，頻頻回頭看向佇立在老舊樓房前的外婆，深深覺得有外婆的地方才是他眞正的家。

於是他哭著往回跑，卻被父母強硬帶走，而外婆儘管眼中淚光瑩然，卻沒上前阻止，他在車裡看著孤身站在樓房前朝他揮手的單薄身影愈來愈小，最終消失在他的視線中。

「從那天起，有股難以言明的不安就潛伏在我的心底。」他比畫著胸口。

譚皓安小學六年級那年，外婆毫無預警地過世了，全家人立刻從臺北連夜趕往外婆家，抵達時，那條通往外婆家的小路夾道站滿了人，他們必須頂著眾人的目光走過去才能進到外婆家。

但外婆家裡已不再有個溫厚慈愛的婦人等著他回去。

他失去了「家」，對他來說，那是個他不願，也無法面對的沉重現實。

「從此以後，只要碰上類似的場景，我都會覺得自己彷彿又回到那個時候，這讓我近乎窒息，甚至快要暈倒。這次我又要失去什麼？我又要前往何方？我總是下意識地恐懼、焦慮著，而且這種場合竟然出乎意料地多，我第一次發作就是在小學的畢業典禮上，我在全校師生面前倒下，還休克了，很誇張吧！」

看著他笑笑地說起這些，我慌亂地抓住他的手，「譚皓安，對不起。」

「幹麼要道歉？」他有些不好意思。

「是我不夠小心，也不夠細心，還追著你問原因。」

他聳聳肩，「心理醫生跟我說過，心病需要心藥醫，這只是一件超級微不足道的小事情，與其他人相比，我的症狀並不算很嚴重。醫生說想解開我的心結，終究得靠自己努力。這不是廢話嗎？這種事就是知易行難，人心太複雜了，有時候連自己都不能全然了解自己的內心，更遑論安撫。」

「別說什麼微不足道，只要是你介意的，那就是重要的。」我的言語是如此無力而空虛，就算我有多想去將心比心，也無法真的徹底感同身受，我唯一能做的只有陪伴。

所以我緊握住譚皓安的手，傾盡全力地，希望能讓他透過交握的掌心感受到來自另一個人的溫度，從而明白其實他並不孤單，還有人願意在一旁支持、陪伴他。

他深深地凝視著我，露出了極其難得、暖如春風的微笑，我隱約看見他雙眼覆上了一層薄薄的水霧，但那樣柔和的神情猶如曇花一現，他臉上很快又掛起了促狹的笑容，左右搖晃著我的手打趣，「妳都這麼主動？」

「白痴！你別亂講。」我雙頰一熱，故作凶惡地橫了他一眼，就想把手抽回來，但他卻握得更緊，也讓我更加羞憤了，「你做什麼啦！放手！」

「誰叫妳罵我白痴。」他用另一隻手從口袋掏出手機，對準了我們交握的手按下快門，「九十三。」

「你什麼時候拍了這麼多張？讓我看看。」

「我才不要。」譚皓安俏皮地說，把手機放回口袋，然後低著頭一副若有所思的樣子。

「幹麼？」我忍不住問。

「華佑惟跟妳告白了？」他抬頭看我，神情專注，我的心跳頓時漏了一拍。

「你聽見了？」我不知道該怎麼回答，只能尷尬一笑。

「讀書會那天聽柯喻宸提過，而且就算我那時沒聽到，也在妳的日記裡看到了。」

譚皓安所言一下子讓我想起房之羽那天傳來的訊息。

房之羽看過我的日記後，居然誤會我喜歡譚皓安，我的日記裡有寫過這種讓人誤會的句子嗎？

假使眞的有，譚皓安也看過我的日記了，他又是怎麼想的？

啊啊，不能再細想下去了，我覺得自己的臉應該已經快要紅到耳根了！

「妳在日記裡寫下了很多關於我的事，甚至比重還高得離譜，這有什麼特別的含意嗎？」他微微俯身，將嘴唇貼到我耳畔輕聲問。

眞可惡，譚皓安這個人平時那麼的寡言少語，可他的話總能令我心跳失速，這樣對我的心臟健康很不友好耶。

「我、我就只是把每天發生的事都寫進日記而已。」我結巴了起來，感覺自己和譚皓安交握的手心都沁出了汗，我再次試著將手抽出，卻因譚皓安抓得太緊而失敗。

「所以說，那是什麼意思？」

感情這傢伙現在是在逼我說些什麼嗎？他那不懷好意的笑容又代表著什麼？還有他黏得死緊的手是想幹麼？

「欸欸欸，你們現在是怎樣？」走進校門口沒多久，房之羽不知道從哪裡忽然衝了出來，目光死死地落在我和譚皓安緊握的手上，「請問這是什麼意思啊？」

「能有什麼意思？」譚皓安先是舉高了我們交握的手，隨即鬆開，虛僞地驚呼了一聲，「怎麼有人牽著我的手？」

「是你牽上來的！」我趕緊澄清。

「是嗎？是妳先牽上來的吧！」譚皓安將手插回口袋，「請妳仔細回想一下好嗎？」

啊，糟了，眞的是我主動牽了他的手。

但明明之後不肯鬆開手的人是他啊！

「我剛剛會那麼問，不是爲了調侃你們。」房之羽歪頭，露出疑惑的表情，「只是禮拜六那天華佑惟說了奇怪的話。」

我不由得一愣，難道華佑惟也和房之羽說了什麼？

「他說了些什麼？」譚皓安停下玩鬧的動作。

「他說書海就由他來保護，這句話字面上聽起來沒什麼，可是當時他說話的語氣和神情……不知道，我總覺得好像有哪裡怪怪的，讓我連出聲調侃他幾句的興致都沒有。」

我和譚皓安不約而同地微微皺眉。

譚皓安轉過頭問我：「禮拜六那通電話是什麼意思？」

對了，那天華佑惟也在電話裡對譚皓安說了奇怪的話。

「我不知道。雖然華佑惟之前向我告白，但我並沒有答應他，可他好像誤會了。」

我輕咬下唇，猶豫著是否該將華佑惟那天在我房間裡做出的異常舉動說出來。

還沒想出個所以然來，我們已經爬上樓梯，來到教室所在的走廊，而柯喻宸碰巧從教室走出來，與我們狹路相逢。

她一看到我們，先是一愣，隨即勾起自負又毫無悔意的笑容朝我們走近。

譚皓安本能地繃直身體，上前一步，房之羽也身體微側擋在我前面。他們的舉動還滿感人的，但也不需要這麼戒備吧，柯喻宸又不會吃了我。

嗯，大概吧。

「妳挺厲害的。」柯喻宸面不改色，微微挑起秀氣的眉毛，「我還以爲是譚皓安，結果卻是華佑惟。」

「什麼？」我不明所以。

柯喻宸沒有回答我，僅瞥了譚皓安一眼，便冷哼了聲轉身離去。

「怎麼回事？」房之羽也有些摸不著頭腦。

教室裡傳來陣陣吵雜的聲音，譚皓安二話不說就走了進去。

我有不祥的預感。

就在我剛踏入教室的時候，全班響起熱烈的掌聲，我被嚇了一跳，房之羽大聲斥問：「你們在幹麼？」

我看見華佑惟站在人群的中央，對我露出一抹微笑。

那個我本該熟悉無比的笑容，如今卻令我猛地一顫，一股寒意從背脊升起。

「恭喜！你們是班上的第一對班對呢！」

因爲震驚，人群的喧鬧聲一下子離我好遙遠，我幾乎聽不清楚他們在說些什麼，只能眼睜睜地看著華佑惟朝我走來，雙手搭在我的肩上，就像前天他對我做的舉動一樣。

「我告訴大家，我們交往了。」

我愣愣地不斷搖頭。

不是這樣的，我們沒有交往，我沒有答應你！

忽然，一隻手橫在我身前，將我和華佑惟隔開，華佑惟不悅地攏起雙眉。

「華佑惟，你有認眞聽陳書海說話嗎？」譚皓安冷著臉發話。

班上歡騰的氣氛頓時全消，眾人尷尬地竊竊私語起來，一時間也沒人敢靠近我們那一區，只是瞪大了眼睛關注後續發展。

「我有喔。」華佑惟嘴角勾起的弧度絲毫未減。

「那你應該聽清楚了，她說她沒有答應和你交往！」譚皓安刻意放大音量，像是要讓教室裡的所有人都能聽見。

「她只是一時不好意思承認，前天去她家的時候，她說了要我一直陪著她。」華佑惟輕輕壓下譚皓安的手，「而你在那天對她說了多重的話，讓她受到了多大的傷害，你知道嗎？」

「已經沒事了，我……」我趕緊插話，華佑惟的手再次按在我的肩上。

「書海，妳要想想，皓安他在沒有查證的情況下就輕易地懷疑妳、傷害妳，往後若是發生什麼事，他絕對不會像我一樣，第一時間無條件站在妳這邊。妳要想清楚，不要被莫名的情感沖昏了頭。」華佑惟保持著笑容，大大勾起的嘴角幾乎要碰到他的耳朵。

他語氣輕柔，隱隱夾雜了一絲難以察覺的不安，漆黑的瞳孔混濁無光。

「譚皓安不會……」

「他今天找妳一起上學，還跟妳道歉了吧？前天凶完妳，今天就低聲下氣地道歉，那些家暴的男人不都是如此嗎？」華佑惟在我耳邊低語，「我，才是最適合妳的人。」

「你——」

一切都在電光石火間發生，等到我意識過來，譚皓安的拳頭已經狠狠落在華佑惟的臉上，房之羽發出刺耳的尖叫聲，華佑惟則被那一拳打得失去重心，先是撞倒了一旁的桌子，然後重重地摔在地上。

然而，華佑惟卻還是笑著，一如往常地微笑，任憑譚皓安的拳頭如何落在他的臉上，他也依然笑容不減。

「佑惟媽媽眞是個老好人，從來都不會生氣。」

「你可以對我生氣的，你的脾氣好到好像無論對你做什麼事，都沒有關係一樣。」

壓力會在無形中累積，沒有人可以眞的毫無脾氣，也沒人可以永遠快樂。心病，是看不見的。

#

譚皓安當眾毆打華佑惟一事很快就在綠茵傳開，會用「毆打」這兩個字，是因爲只有譚皓安單方面施暴，而華佑惟完全沒有還手。

校方不敢相信這兩個一向品學兼優的資優生會起衝突，但無論老師怎麼詢問，全班同學都很有默契地一句不吭。

他們無意干涉別人的事，說穿了，也就是明哲保身。

比較令人訝異的是，連柯喻宸都選擇保持緘默。

「我可不想惹上麻煩，反正妳也得到教訓了。」她的話雖帶著幸災樂禍，眼中藏不住的害怕卻出賣了她眞正的想法。

事情發生後，房之羽每堂下課都陪在我身邊，不讓我落單。

「華佑惟怎麼了？他是不是有點奇怪？」房之羽低聲問，她握著我的手微微發抖，眼神裡充滿恐懼，「他在笑，那種情況他還在笑……我覺得有點可怕。」

「沒事、沒事的。」我輕聲說，不只是安慰她，也是安慰我自己。

「一年五班陳書海，請到學務處一趟。」

校園廣播響起，班上同學下意識地朝我看來。

「要不要我跟妳去？」房之羽跟著我起身。

「沒關係，我去就好。」我低垂著頭，快步走出教室，眾人的目光猶如芒刺在背，令我十分不自在。

走去學務處的路上，我感覺每一步都舉步艱難，彷彿全校的所有師生都在注視著我，我難受得快要窒息了。

「報告。」我敲了兩下門，然後推門走進，有些訝異地看見媽媽和譚皓安的媽媽都在裡面。

但怎麼不見華佑惟與他的家人？

「這是怎麼回事？爲什麼會……」媽媽擔憂地拉起我的手。

我注意到譚皓安就站在一旁，擺著一張臭臉，嘴唇抿得死緊，看樣子他什麼都沒說。

「我、我……」我盯著譚皓安，我該說嗎？如果是，那我又該說些什麼？

他凝視著我的眼睛，緩緩搖頭，這意思是要我別說出他們打架的眞正原因嗎？

「華佑惟人呢？他還好嗎？」我問。

「他在保健室，到底發生了什麼事？」教官接話。

「你怎麼把人打成那樣，有什麼事不能好好說，非得要動拳頭？」譚阿姨氣急敗壞地打了譚皓安的手臂好幾下，「書海，妳說說究竟發生了什麼事？」

「我、我也不知道，好像是一言不和吧。」我隨口搪塞。

教官看著我問：「那華佑惟爲什麼說要找妳來？」

「我不知道。」這句話倒是實話。

「哎呀，爲什麼連打架的原因都不肯說出來？他是哪裡惹到你，你非要打人？我們要如何跟他父母道歉啊！這傳出去像話嗎！」譚阿姨連聲埋怨著。

這時候班導說話了。

「那個，我想有件事必須先和您說明一下。」

「怎麼回事？」譚阿姨皺眉。

「華佑惟家裡……」班導附在譚阿姨的耳邊低語，只見譚阿姨聽完後瞪大眼睛，倒抽了一口氣，「不會吧。」

譚皓安似乎也豎起了耳朵，但瞧他一臉茫然，應該是沒能聽清楚吧。

「有什麼事不能當著大家的面說，非得要竊竊私語？」媽媽急切地問。

「因爲這是華佑惟的私事……」班導在護子心切而顯得格外焦慮暴躁的媽媽面前，氣勢頓時弱了一截。

「我們家女兒也被捲入了，現在哪有什麼私事！」媽媽氣得拍了下桌子，教官趕緊請她息怒。

我不自覺地微微發抖，有些慌亂地看向譚皓安，不解爲什麼我們現在要站在這裡。

班導猶豫了半晌，最後還是開口了：「華佑惟目前寄住在寄養家庭，他的養父母因爲工作忙碌無法前來，只先說了不需要道歉或賠償，一切讓華佑惟自行處理即可，他們會尊重他的意見……」

聞言，我和譚皓安不由得吃驚地對望了一眼，我們怎麼從來不知道這件事？

「雖然華佑惟不常提他家的事，但如果我沒記錯，他家以前是開雜貨店的，現在則改營麵店不是嗎？」我連忙插話，現在這個時間點，麵店根本就還沒開始營業吧，頂多是在備料，怎麼會沒空過來！

班導躊躇了一下，欲言又止的模樣讓我更加不安。

直到媽媽不耐煩地又催問了一聲，班導才繼續說：「華佑惟的父母在他國小畢業那天自殺了……在雜貨店裡上吊，從此他輾轉在寄養家庭中，其他的我就眞的不清楚了。」

我緊緊捂住嘴巴，心中湧起無限悔恨，這一切我們都不知情，那我和譚皓安是不是曾在無形中重重傷害了華佑惟呢？

所以，他總掛著笑容的原因是爲了隱藏這些嗎？

兩位母親聽完後，均是一陣沉默。

忽然，譚阿姨用力甩了譚皓安一巴掌，而他也愣愣地接受了，只是巴掌留下的印子既紅且腫，看上去有些可憐可笑。

「至少我們可以去保健室探望他吧？」譚阿姨問。

「這……應該可以。」班導回話，並請教官先與保健室老師聯繫。

五分鐘後，我們一行人走往保健室，我握緊媽媽的手，卻怎麼也止不住渾身的顫抖，慢吞吞地走在隊伍的最後面。

「堅持住，他們是爲了妳才打架的吧？」媽媽低聲說，「眞是的，難道有事就不能好好商量？」

「對、對不起……」我忍了好久的眼淚最終還是掉了下來。

媽媽捏了捏我的手心，以示安慰。

「沒事，這不是妳的錯。」因爲不了解事情的經過，媽媽理直氣壯地說出這句話。

我看著走在前方的譚阿姨與譚皓安，不知道譚阿姨她是不是也會安慰譚皓安說「這不是你的錯」呢？

如果身爲導火線的我和打人的譚皓安都沒錯，那會是誰的錯？被打的華佑惟嗎？

父母都會無條件站在自己孩子這邊，那華佑惟呢？會有人站在他那邊嗎？

走進保健室，華佑惟就坐在床沿，臉上的傷已經被妥善處理過，也裹上紗布了。

他一見到我們便露出微笑，直起身朝我們走來，並恭敬地對譚阿姨和我媽媽鞠躬。

「阿姨妳們好，抱歉鬧出了這種麻煩事，還讓妳們特地跑一趟。」

華佑惟的鞠躬讓她們嚇了一跳，不由得愣了好一會兒，才出聲關心他傷勢如何，有沒有什麼大礙，而華佑惟依舊掛著得體的微笑，強調自己一點事也沒有，並再次表達歉意，說他不該引起如此大的騷動。

在知道他的過去以前，我曾覺得他的笑容很可怕、很令人恐懼。可是現在看著他的笑容，我卻覺得悲傷。

他一直以來都是用什麼樣的心情微笑呢？又爲什麼要微笑呢？

微笑是他給自己的武裝嗎？

「眞的很抱歉，我家蠢兒子竟然對你使用暴力，你可以還手，或是把他當小弟使喚，眞的很抱歉。」譚阿姨壓著譚皓安的後腦勺，逼他行禮道歉，不過這個舉動似乎是多餘的，譚皓安十分順從地向華佑惟深深鞠了個躬。

「沒事啦！不用這樣！」華佑惟連連擺手，「不是什麼大事，只是男生之間的爭風吃醋，不要緊。」

聞言，教官和班導不約而同朝我看過來，我緊咬下唇。

「爭風吃醋啊，所以是爲了……」譚阿姨轉過頭來，也朝我瞥了一眼。

「是啊，我和書海幾天前開始交往，皓安可能是覺得好朋友被搶走了，才一時心裡不痛快……」華佑惟咧嘴微笑，帶著瘀青的眼角看起來腫得更明顯了。

所有人同時看向我，都在等著我的答案。

看著華佑惟的笑容、譚皓安的自責、譚阿姨的好奇、媽媽的疑問、教官與班導的無奈……

我到底該如何回答？

我要怎麼做，才不會傷害到任何人？才不會再次傷害華佑惟？

譚皓安目光低垂，又飛快抬起專注地看著我，眼神既清明又堅定，像是下定了某種決心。

「是……啊……」我說著違心之論，並努力撐起嘴角，表現出羞澀甜蜜的樣子。

＃

「這是怎麼回事！事情爲什麼會演變成這樣？」當房之羽得知我在和華佑惟交往，而譚皓安遭受處分停學三天時，忍不住驚訝地大喊。

我用力搖頭，「對不起，我不能說。」

房之羽著急地抓住我的手臂，「妳必須告訴我，我才知道要如何幫妳啊！譚皓安呢？他沒有說什麼嗎？」

「他也覺得這樣比較好……」

「啥?」房之羽實在無法苟同我和譚皓安的決定,「你們是瘋了嗎?」

「書海,妳在這裡啊。」華佑惟從樓梯間走來,手裡拿著我的音樂課本,「下堂課是音樂課,現在還不出發去音樂教室就會遲到喔。」

「謝謝。」我勉強勾起唇角,接過他手中的課本。

「那我的呢?」房之羽問。

華佑惟帶著幾分困惑地說:「沒有經過妳的允許,我不能隨便亂碰妳的東西,所以就沒有幫妳拿課本了。」

「那你怎麼可以幫書海拿?」房之羽挑眉。

「妳和她又不一樣,書海是我的女朋友。」華佑惟笑了,伸手握住我的手。

我瑟縮了一下,終究沒有抗拒。

房之羽將一切看在眼底,抓狂地扯著頭髮吼叫了幾聲:「你們是怎樣啊?現在在玩什麼變態的遊戲嗎?」

「什麼變態的遊戲?我們很正常啊。」華佑惟輕笑,「之羽,妳怪怪的喔。」

「之羽,妳快點回去拿課本吧,我們先去音樂教室占位子。」我出聲打斷他們無謂的爭論。

房之羽像是還想說些什麼,見我對她搖頭,她才抿緊了唇,忿忿地轉身離開。

「我們去音樂教室吧。」華佑惟對我溫柔一笑。

「嗯。」我也努力回以相同的微笑。

我不敢問華佑惟關於他的那些過去，我害怕他的心靈會因爲我的追問而受傷、變得支離破碎，所以只能順著他的意思，懦弱地同意與他交往，我不知道能找誰求救，也不知道能找誰依靠。

譚皓安被停學的那三天，他傳訊息告訴我，他的心也陷入混亂。

「我不希望妳跟華佑惟交往，但如果妳嚴正拒絕他，他會怎麼樣？」

「我不知道，但我知道他絕對不會像柯喻宸一樣做出傷害我們的事。」

「我倒寧願他像柯喻宸那樣。」

因爲我們知道華佑惟不會傷害別人，他只會傷害自己。

所以我現在唯一能做的，就是暫時順著他的心意做事，並且不告訴任何人。

於是，對於那天譚皓安之所以會和華佑惟打架，班上同學便理解成：華佑惟與我交往，譚皓安是因爲吃醋才對他動手，而個性溫和的華佑惟不願多做計較，因此譚皓安只獲得停學三天的處分。

白時凜對這件事不予置評，並且在班會上公開表示，要是大家有時間說閒話，不如認眞上課，做好自己的分內之事。

這件事就這樣暫時告一段落。

三天後，譚皓安重新回學校上課，我們之間幾乎沒有交流，哪怕是目光輕觸，也很快就各自移開，但他和華佑惟的相處一如往常，在班上的表現也與從前沒有不同。

我私下傳過訊息給譚皓安，他卻說暫時不要私下聯絡比較好，還囑咐我好好觀察華佑惟。我雖然明白他的用心良苦，但內心卻依然覺得莫名酸楚。

大家也發現了我和譚皓安相處上的變化，我們幾乎把對方當成空氣，不過也沒人多嘴，於是，在這種極其彆扭與怪異的情況下，我的高一不怎麼愉快地結束了。

第八章

我與華佑惟交往一事，一直到了暑假，媽媽才在一次晚餐中問起，見爸爸神情鎮定，沒有一絲驚訝，看來他們早就私下討論過這件事了。

「我其實很訝異妳會跟華佑惟交往，畢竟我以爲妳會跟皓安在一起。」媽媽從以前就希望我和譚皓安在一起。

「好了啦，孩子的媽，讓父母失望本來就是孩子的本能。」爸爸用開玩笑的口氣說。

「媽，妳喜歡譚皓安是因爲他的家世背景嗎？」我忍不住問出這個敏感，但盤旋在心頭許久的疑問。

「哎呀，我哪有喜歡譚皓安？不是妳喜歡他嗎？」媽媽的回答令我感到十分震驚。

「我哪有。」

「沒有嗎？從妳與他相處的點點滴滴和妳的表現來看，我確定妳是喜歡他的。」媽媽的語氣相當篤定。

是這樣嗎？我喜歡譚皓安嗎？

從我的日常表現裡都看得出來嗎？所以即便我從未在日記裡明確寫下「我喜歡譚皓

安」，旁人也能從日記裡的蛛絲馬跡看出來？

我心痛難忍，視線迅速被淚霧模糊成一片。

我明白得太晚了，我做錯了決定，把自己卡在一個進退兩難的地方。

媽媽見我突然淚如泉湧，趕緊過來抱住我：「怎麼啦？乖女兒，發生什麼事了？」

我用力搖頭，什麼都不敢說，因爲好多話說出口都成了傷害。

「女兒呀，不管妳遇到什麼事，妳要記得爸爸媽媽永遠都會無條件站在妳這邊。」

爸爸輕咳了聲，似乎對於說出如此煽情的話感到有些不自在。

我很幸福，因爲我有一對願意無條件站在我這邊的雙親，而譚皓安也是。哪怕是房之羽的父母要求她走上違背她意願的道路，可一旦發生任何事，我相信她的父母也絕對會無條件站在她那邊。

反觀華佑惟呢？在我們可以肆無忌憚地犯錯時，華佑惟一直戰戰兢兢地維持模範生的姿態，這背後代表的意義我有關心了解過嗎？沒有。

我後來試著去網路上尋找華佑惟父母自殺的新聞，卻一無所獲，但幸好譚皓安找到了，他貼了一個新聞連結給我。

大意是說，經營雜貨店的丈夫因爲好賭，欠下大筆賭債無力償還，最後夫婦雙雙上吊在自家的雜貨店，因畢業典禮而提早回家的獨子是第一個發現者。後來，因爲沒有親戚願意收留這個孩子，他便被社會局安置在寄養家庭。

至於這個孩子之後的遭遇如何？這不是媒體會關心的事，所以在網路上找不到任何後續報導了。

我神經質地啃咬手指甲，把這則新聞翻來覆去地讀了好幾遍，全身不由自主地顫抖著，試著想像華佑惟在那麼小的年紀，開開心心地打開家門，卻親眼目睹父母的死亡，這種打擊該會有多沉重，又該會在心中留下多可怕的陰影啊。

忽然間，我想起之前買下的那批心理書籍，趕緊從書櫃中抽出一本查閱。

無論孩子的年紀大小，目睹至親的生命消逝都不是件容易的事。他們通常會傾向將發生的憾事歸咎於自身，並不可避免地留下「是不是我做錯什麼才發生這些事」的想法。這樣的孩子可能會下意識地想做好每件事，甚至過度要求自己扛起不屬於他的責任，以避免再次發生同樣的憾事。（注1）

我看著這些文字，感覺心如刀割。

華佑惟的笑容就是這麼來的吧？

他覺得只要保持微笑，就能保有希望，就能讓大家開心。

儘管得知眞相，我卻無法狠心打破他微笑的面具，因爲那樣太殘忍了，那是他……極力保護自己的最後一道防線。

#

「哇，沒想到你們眞的在一起了！」席奕寧手拄著下巴，饒富興味地看著華佑惟。

「嗯，這也要謝謝妳，那次的同學會拉近了我和書海的距離呢。」華佑惟將沙拉平均分配到在場所有人的盤中。

「學妹，妳還眞不夠意思，怎麼都不聊聊自己的戀情？」謝子晏也跟著打趣，他幸運地沒被席奕寧養胖，還是維持著修長的身材。

「因爲很不好意思啊。」我露出在鏡子前練習過無數次的笑容。

「哎呀！還不好意思呢！」席奕寧大笑，結果反而是她看起來比較圓潤了。

「別說我們了，你們最近如何？闊別好幾年後終於修成正果，有什麼心得嗎？」我把話題轉到他們身上。

謝子晏和席奕寧對看一眼，席奕寧率先發難：「他管超多的！管我的功課、穿著、髮型，甚至連我的課本也要管！我根本是多了一個媽媽！」

「課本？課本要管什麼？」我好笑地問。

注1：引自杏語心靈診所主任治療師蘇湘婷發表的〈子女目睹親人自殺事件之身心因應與輔導〉一文。

「我也沒辦法啊，誰叫她課本都是空白一片，完全沒有筆記，然後還把古人、名人的照片都畫得亂七八糟。她是小學生嗎？」謝子晏為自己辯解。

「啊，我懂我懂，她以前就是這樣，我每次看她的課本都被逗得很開心呢。」我想起過往的回憶，不禁哈哈大笑，偶然注意到華佑惟的目光正落在我身上，「華佑惟就不是這樣，他的課本裡寫滿筆記，字跡整齊，也超級有重點，和我完全不同！」

我特意把華佑惟拉進話題，想讓他有點參與感。

華佑惟笑了聲，往我的紅茶裡放了一顆糖，我對他說了句：「謝謝。」

「華佑惟，陳書海有哪裡讓你受不了嗎？」謝子晏瞇起眼睛，轉頭對我說：「可不能只有妳總是看到我出糗，也得讓我笑笑妳才行。」

我明白他指的是之前園遊會他無意間向我吐露心聲的事。

「沒有喔，書海簡直十全十美。」華佑惟笑了笑。

席奕寧擺手道：「少噁心了，不用幫她留面子，就老實說吧。」

「這是真的，書海任何地方我都喜歡。」華佑惟鄭重地開口，說完還轉過頭凝視著我。

由於華佑惟回答這個其實有點半開玩笑的問題時太過認真，反倒讓席奕寧和謝子晏一時間不知該如何反應，兩人面面相覷。

我立刻打圓場：「他就是這樣，總是很誇張。」

「哈，我想也是，畢竟你們才剛交往，還在熱戀期啦！」謝子晏笑了，拾起叉子開始吃盤中的生菜沙拉。

「你的意思是已經和我過了熱戀期嗎？」席奕寧捏了捏謝子晏的耳朵，雖是威脅的口氣，卻不自覺透露出撒嬌的意味。

看著眼前兩人相處的甜蜜模樣，我由衷地替他們感到高興。

用餐間隙，我起身去洗手間，然後在洗手臺前，彎腰用水潑了下臉，對著鏡子吐出一口長氣。

終於可以放鬆長時間高掛的嘴角了，雙頰好酸，笑得也好僵。

但我仍再次揚起嘴角，做出微笑的表情。

其中一間廁所的門被推開，席奕寧走了出來，她看著我的表情很是古怪，沒有出聲，逕自到一旁的洗手臺洗手。

「我看妳跟學長感情很好。」我出聲調侃她。

「是啊，過了這麼多年，總算在一起了，然後發現……他跟我想像中的完全不一樣，雖然還是很溫柔，可就是比較會噹我，當然這也沒什麼不好。」

看她笑瞇了眼睛，就知道她其實很享受和謝子晏相處的點點滴滴。

「看妳幸福我就開心啦，是不是該好好感謝我？」我開始邀功。

「當然，會請妳當媒人的。」

我用屁股撞了她一下，「那麼久以後的事現在就決定了？妳想嫁啦？」

「哪有，開個玩笑而已。」她笑著抽了張紙巾擦乾手，轉頭看向我，漂亮的大眼睛裡帶著狐疑和擔心，「那妳還好嗎？」

「怎麼了？」

「總覺得……妳笑得假假的。」

我摸了摸臉頰，該怎麼說呢？席奕寧不愧是我從國中到現在的好朋友，一下子就察覺了我的不對勁。

可是我依然不打算說出口，這只會是我和譚皓安共同的祕密。

我很清楚一個人最隱密的傷痛在眾目睽睽下被人掀開時會怎樣，也還記得譚皓安當時是如何對我痛苦大吼的，我不希望華佑惟受到同樣的二度傷害。

「有嗎？可能是累了吧，我很好啊。」所以我說謊了。

「妳跟那個華佑惟是眞的……？我知道這樣講很奇怪，但你們眞的相愛嗎？」

席奕寧敏銳的觀察力再次令我心中一緊。

我不安地強笑著：「什麼意思呀？」

「他連妳喝紅茶不加糖都不知道。」席奕寧瞪圓了眼睛，一針見血地指出破綻，

「而且妳居然沒斥責他，反而跟他道謝！我不是要比較什麼，不過從以前妳和孫孟楷交

往時的相處模式看來，妳並不是這種溫柔的女生！」

「也許是我變了啊。」不能再和席奕寧單獨相處了，我會被她識破的，我真的演不下去，「我先出去了。」

「書海。」她叫住我，「不要瞞著我。」

「我沒有。」我毫不猶豫地回答。

「那我換個方式說，不要一個人把事情悶在心裡。」她走過來，「不然朋友當假的喔？」

聞言，我向她擠出一個感激的微笑。

這樣就夠了，朋友間不一定要分享所有的心事，只要讓我知道不論如何，身後都有人可以依靠就行了。

走出洗手間，我們發現兩個男生已經結好帳等在餐廳外頭了，八月豔陽高照，我戴上帽子遮陽，而華佑惟即便沒特別防曬，皮膚還是比我白皙。

「眞不公平啊。」我低聲感嘆。

「怎麼了？」他笑著問。

我把手伸出來，靠近他的手，「你看，我們的膚色差了一個色階！」

「我不會介意的。」

「但我很介意！」

「好了好了，我實在看不下去了，來，華佑惟，我們好好聊聊吧。」席奕寧把華佑惟從我旁邊拉開。

「席……」我心慌地想阻止席奕寧。

但她轉過頭對我眨了眨眼，示意自己不會亂說話。

「來吧，和女友的閨蜜聊天也是很重要的功課喔。」

席奕寧信口雌黃，可華佑惟居然也認同了，兩人走在前方開始聊了起來。

「奕寧還是很任性，對吧？」謝子晏無奈地笑。

「學長寵出來的還敢說啊。」我聳聳肩，其實我很喜歡現在這個幸福的席奕寧。

「只是沒想到妳的男朋友會是那種類型。」

怎麼連謝子晏都這麼說？

「不然你覺得我的男朋友會是什麼類型呢？像孫孟楷那種嗎？」我帶著自嘲反問。

「在我心中，早就已經認定他和葉伊澄是一對了！妳可千萬別吃回頭草。」謝子晏打趣地回。

謝子晏的話先是讓我哈哈大笑，繼而想起葉伊澄之前在國中同學會上痛罵了我一頓，還揭穿我的謊言……

想到這裡，我陡然瞪大了眼睛！

「學長！能不能給我葉伊澄的聯絡方式？」我趕緊拉住謝子晏的手臂，還不忘壓低音量，以免被前面的兩人聽見。

「咦，怎麼回事，妳是想找他們吵架嗎？」謝子晏小心翼翼地確認我的意圖。

「不是，不過這件事請先別讓任何人知道，拜託學長告訴我。」我的語氣帶著懇求，「你可以跟葉伊澄說，我現在和華佑惟交往，我有事想問她，這樣她大概就會理解了，拜託你。」

謝子晏凝視著我的雙眼好一會兒才拿出手機，把葉伊澄的聯絡資訊傳給我。

「學長……」我感激不已。

「我會幫忙不僅是因爲妳曾幫過我，我也信任妳不會亂來。」謝子晏把手機放回口袋，瞇著眼道：「別辜負我的信賴。」

「你這到底是相信我，還是不相信我啊？」我失笑。

握著手機，我突然覺得心中踏實很多。

聚完會後，華佑惟送我回家，他一路牽著我的手，我沒掙脫，卻也沒有回握。他聊起從席奕寧那兒聽來的，關於我國中時候的趣事，邊說邊笑，我跟著回應了幾句，滿腦子只想著快點回家，好打電話給葉伊澄。

「謝謝你送我回來。」到了我家門前，我向華佑惟道謝，準備進屋。

低頭正想打開包包找出鑰匙，華佑惟忽然握住了我的雙臂，我狐疑地抬頭，發現他的臉靠得極近。

在我意識到他要做什麼之前，我已經本能地先推開了他。

看到華佑惟有些驚訝的表情，我先是愣了幾秒，才馬上說：「對不起，太突然了，我……」

我緊張地抓緊衣襬，拒絕的話卻始終說不出口。

我不想。

「沒關係，妳不需要道歉，是我太冒昧了。」華佑惟笑笑，再次輕握我的雙臂，緩緩傾身向前。

我渾身發抖，我不想、也不要，可是……可是我怕傷害他，我喜歡華佑惟這個朋友，也想保護他，但是我不想這樣。

他的唇輕柔地貼在我的臉頰，然後他往後退了些：「今天就這樣吧。」

華佑惟的臉上依舊掛著微笑，我卻從他的眼裡看到了憂傷，一時我心如刀割。

「你、你到家以後，跟我說一聲。」我低下頭，不想再直視那雙眼睛。

「好，快進去吧。」

走進家門前，我飛快地回頭瞥了一眼，只見他仍站在門外，還從容地對我揮了揮手。

我低嘆一聲，脫下鞋子，推門走進家裡，就見到媽媽和爸爸都端坐在客廳。

「今天你們這麼早就回來啦？」

「是啊，我們今天去了妳學校一趟。」

我心中一驚，不會是我又怎麼了吧？

但現在正值暑假，而且華佑惟也好好的……難道是譚皓安？

「皓安怎麼了？」我驚慌地問。

然而爸媽卻狐疑地互看一眼，「譚皓安？他沒事啊，爲什麼這麼問？」

沒事就好，我鬆了一口氣，改問：「那你們爲什麼去學校？」

「那個計畫通過了。」媽媽看起來很高興，「記得嗎？開放其他學校的學生前來綠茵就讀的計畫。」

「喔，想起來了，那什麼時候實行？」我走到沙發坐下。

「最快也要一年後，也就是妳高三那年，所以跟妳的關係不大。」爸爸拿起遙控器打開電視，斜眼瞄了我一下。

「幹麼這樣看我？」

「女兒，妳最近還好嗎？」爸爸突然開口問我。

「很好啊，我看起來臉色不好嗎？」我摸摸臉頰，還捏了兩下。

「妳……最近好像笑得很勉強。」

連爸爸這般遲鈍的人都能看出來，可見我一定演得很糟糕，我大概還是不夠堅強吧。

「才沒呢，我很好……」我努力撐起笑容。

然而，事實上我已經快要窒息了，覺得自己在重重壓力下根本呼吸不到一絲新鮮空氣，可如果我不逼自己努力堅持下去，也許下一秒眼淚就會潰堤。

「書海，妳以爲妳騙得過朝夕相處的父母嗎？」媽媽坐到我旁邊，「妳一個人是無法解決的，我們之前給過妳時間讓妳自己試過了。」

我愣住，原來爸媽早就發現了嗎？

那我這些日子以來，不就像個笨蛋一樣？

「我……」

「妳很努力了，所以不需要再勉強自己了，沒有辦法解決也沒關係，我們一起努力好嗎？」媽媽眼眶含淚，雙手攬住我，「無論妳想保護什麼，我們陪妳一起保護吧。」

爸爸也過來雙臂一伸，將我和媽媽同時擁入懷中。

我想說自己沒事，要他們別擔心。

結果一開口卻是哽咽的哭聲，我這才發現自己哭了，而且哭得聲嘶力竭，完全失去控制。我的意識很清醒，拚命告誡自己該停下了，不要這樣，會讓爸媽擔心的。

但我的身體卻不受控制，放縱地透過哭嚎，把這些日子以來的壓抑全部宣洩出來。

我爲自己的無能爲力而懊悔自責，然後在父母的懷中得到了諒解與救贖。

他們讓我知道，就算我一個人什麼都做不到也沒關係，他們會一直在我身邊保護我、支持我，爲我提供困境時的倚靠。

等我冷靜下來後，我告訴他們目前的狀況和我的計畫。語畢，我急著想回房間打電話給葉伊澄，但媽媽卻要我先去泡個熱水澡再說。等我從浴室出來，她又不由分說拖著我到餐廳，態度強硬地要求我吃完她早已備好的雞湯還有甜點。

接著，她拿出兩張遊樂園的門票在我面前晃了晃。

「我已經跟譚皓安約好時間了，後天早上十點。」媽媽輕描淡寫地說。

我一愣，「媽，我和譚皓安……」

媽媽舉起手打斷我：「我不在乎妳和譚皓安是什麼關係，可是我很在乎妳的情緒，妳待在他身邊最能放鬆對吧？」

「這……」

「之前在餐聽遇見時，媽看得出來，妳可以很自然地在他面前表露出所有眞實的情緒。」

「但我很久……沒有和他說話了。」

「那就趁這個機會盡情地跟他說說話吧。」媽媽憐愛地摸摸我的臉頰，轉頭就把票塞入我手中。

「然後，抱歉，因爲這次事關緊要，我沒有經過妳的同意就先看了妳的手機，找到了葉伊澄的聯絡方式，同時，我也約好葉伊澄大後天來我們家。」

「什麼？」在我洗澡的時候，媽媽居然已經爲我做了這麼多事。

「妳可以放心依靠我啊，笨女兒，妳才十七歲，不用把自己逼得那麼緊，做不好也沒關係。我知道妳在擔心什麼，我剛才請認識的朋友去了解華佑惟寄養家庭的狀況了，所以妳先暫且放寬心，好好去玩一天吧。」

「媽……」我又有點想哭了，撒嬌地撲進她懷中。

那天晚上，我的手機裡躺著兩則訊息，分別來自譚皓安與華佑惟。

但我兩則訊息都沒回，因爲我想我需要先好好睡上一覺再說。

#

「今天我們全家要一起出去。」

到了約好要跟譚皓安去遊樂園的那天，我傳了訊息給華佑惟。

「玩得開心點呀。」

華佑惟的回應令我感到有些罪惡感，這些日子以來，我說了好多謊話。

「女兒，順從妳的心意，這又不會迎來世界末日。」媽媽柔聲說，並替我戴上一條項鍊。

「可我好怕傷害到別人。」

「沒有人可以一直不受到傷害。」媽媽說，「我們只能盡力避免傷害別人，以及不讓自己受傷。妳也不過是去遊樂園玩罷了，用不著想太多。」

「媽媽，妳還眞不像個媽媽，有哪個媽媽會幫女兒約男生出去玩的？」

「有啊，我就會。」媽媽用拇指指向自己後，轉頭偷偷確認爸爸人在哪裡，接著才附在我耳邊小聲說：「我和妳爸也是十七歲認識的。」

「眞的嗎？」這還是我第一次聽說。

「當時是我先喜歡上他，然後追求他的。」

「天啊，媽！」我簡直難以置信。

「所以，我不要我的女兒那麼笨，妳應該跟我一樣才是。」媽媽嫣然一笑，拍了拍我的肩，「就算一次交兩個男朋友也無妨，重點是找到自己眞正喜歡的人。」

「沒有人這樣的，媽。」我失笑，明白媽媽是爲了逗我開心。

踏出家門，陽光灑在身上，我忽然覺得世界好像明亮了些。

媽媽是個做事很有計畫的女人，她選中的是一座位於海邊的遊樂園，那裡需要具備VIP的身分才能進入，在我小的時候，我們全家時常過來。

也就是說我跟譚皓安約在這裡，雖然不能保證一定不會被認識的人撞見，但至少機率低了很多。

我站在遊樂園的門口左右張望，不少遊客陸續入園，我卻始終見不到譚皓安的身影。難道是我記錯時間了？我看了一下手錶，離約定的時間還有五分鐘，是我太早到了。

我乾脆從包包裡找出鏡子，仔細端詳起自己，確認瀏海沒有被風吹亂，睫毛膏也沒有沾到下眼瞼，口紅更沒糊掉，很好。

裙子很美，鞋子也很漂亮，一切都很完美。

我止不住自己飛快的心跳，我想，我是眞的喜歡譚皓安。

媽媽說的沒錯，和譚皓安相處的確很輕鬆愉快，在他面前我能自然地大笑或是生氣。

我以前從來沒有發現，能夠盡情地做自己是一件多麼美好的事。

手機傳來震動，是譚皓安傳來一張照片。

我馬上點開，照片裡是我的背影，我連忙回頭一看，譚皓安就站在我的身後。

「第九十四張。」

他佇立在陽光底下，臉上的笑顏毫無陰霾。

他一出現，立刻驅散了我這些日子以來的不安，讓我得以卸下僞裝。

我喜歡他的笑容，也喜歡他的陪伴。

雖然我還不能眞正確定，自己對譚皓安懷有怎樣的感情，但在這一刻，我無比確定自己想和譚皓安待在一起，共享漫漫時光。

他把雙手插進口袋，歪頭看著我。

我覺得自己已經好久、好久沒有見到他了。

「譚皓安！」幾乎無法克制激盪的情緒，我張開雙手抱住他，他被我突如其來的舉動嚇了一跳。

「妳果然很主動。」他笑了，也同樣毫不猶豫地張開雙手，緊緊抱著我。

嗯。

剛才也不知道是哪根筋不對勁，我居然在遊樂園門口做出如此失控的舉動，想到自己剛剛竟然飛撲上去擁抱譚皓安，就深感無地自容。

我到底是怎麼了？

譚皓安臉上帶著愉快的笑容與我並肩而行，我不敢看他，覺得自己渾身僵硬，還有點同手同腳。

「我們先玩什麼？」他問。

「都可以，你決定吧。」我小聲答。

「雲霄飛車？」

「好。」

「海盜船？」

「好。」

「飄飄船？」

「好。」

「不然先玩妳好了。」

「好……欸？」我轉頭看他，卻發現他正拿著手機對準我。

「九十五。」

「你、你在幹麼？你剛才胡說些什麼啦？」我有些無措。

「因爲妳一直低著頭走路，我覺得妳沒有聽我說話。」他露出壞壞的笑容。

「我又不是故意的，我是緊張。」我連忙爲自己澄清。

「有什麼好緊張的？」他聳聳肩，忽然牽起我的手，「現在才需要緊張吧。」

我頓時心跳加速，漲紅了臉，「先說好！我剛才抱你並沒有什麼特別的意思，只是太久沒見，還有壓抑太久……」

「居然說自己壓抑，妳是『悶聲色女』嗎？」他暗自竊笑，鬆開了我的手。

「譚……」我正想反駁，卻突然意識到一件事，怪了，他之前的個性是這樣嗎？怎麼像是換了一個人，「你是不是被外星人附身了，裡面裝著的靈魂其實是另一個人？譚皓安才不會這樣呢。」

「不會怎樣？」他露出好看的微笑，似乎對我的反應很滿意。

「不會這麼、這麼痞……痞痞壞壞的！明明更愛欺負我，更冷淡一些……才不會這麼愛笑，又對我這麼溫柔！」

「所以妳喜歡那樣的我嘍？」他停下腳步，故意用無辜的眼神看著我，「妳不是總希望我對妳溫柔一點嗎？」

「不，也不是，你分明說過溫柔的人有華佑惟一個就夠了，或許我還是比較習慣你冷淡的模樣吧。」

「那是因爲我太開心了，我沒想到會接到妳媽媽的電話，我已經好久沒見到妳，也沒和妳說話了。」

在學校的時候，我們刻意避開彼此。

放暑假的時候，我們也不聯絡和見面。

「我總不能拒絕妳媽媽的邀請吧？這樣很沒禮貌。」他聳聳肩膀，嘆了口氣，「我一直很後悔，如果讀書會那天我能不那麼衝動，可以好好聽妳說，那一切是不是就會不一樣了？」

如果那一天譚皓安沒有不分青紅皀白地吼我，沒有不聽我解釋甩門就走，那麼華佑惟就不會有機會誤會我話裡的意思，更不會當眾宣布我和他展開交往。

我咬著下唇，為譚皓安所言而感到開心，心跳也為之加快，但同時心中又有另一種情緒在拉扯。

如果那一天柯喻宸沒有做出那種事，也許我、譚皓安和華佑惟之間的關係會一如既往，維持著友好和親密，但這種假設根本沒有意義。

「不，現在這樣也很好。」我認真看著他，握緊雙拳。

改變，並不全然是壞事。

譚皓安不明白我的意思，眨了眨眼睛。

「如果那天你沒有誤會我，那我們就不會有機會察覺到華佑惟的心病，更不會發現他隱密的傷痛，他會繼續躲在他為自己構築的厚殼裡。然後有一天，他必然會走向崩壞，他的心會碎掉的。」

譚皓安沒料到我會這麼說，詫異地看了我許久才點點頭，「是啊，妳說得沒錯，所以現在這樣也很好。」

「我媽約了葉伊澄明天來我家，她……」我們並肩走進雲霄飛車的排隊隊伍，然後我把同學會那天的經過一五一十地全都告訴他，包括自己說過的謊話，還有我是如何傷害了華佑惟。

以及葉伊澄如何揭穿了我的謊言，並在話中提到了華佑惟的過去。

「妳連經歷過那種事的華佑惟都能那樣利用，還有什麼事做不出來？」

當時我只顧著感受羞憤交加的情緒，並未注意到葉伊澄這句話背後所隱藏的資訊，現在回想起來，葉伊澄既然曾住在華佑惟家的雜貨店附近，那她一定很清楚當時發生了什麼事。

所以媽媽明天才會約了葉伊澄和她在社福處工作的朋友一起過來。如果想拯救華佑惟，靠我們這樣半調子的溫柔是不夠的，必須尋求正確管道的有效協助。

否則，只會傷害了更多人。

「結果最後，我還是什麼都沒做到。」我沮喪地說。

「至少妳嘗試過了，我才是真正什麼都沒做到的人。」

「請問有兩位結伴的客人嗎？因爲這群客人想要搭乘下一輛，如果有兩位結伴的客人可以先上車。」雲霄飛車的工作人員在前面高喊。

「我們是兩個人。」譚皓安舉手。

工作人員指揮前方排隊的人群往兩側移動，讓出通道方便我們走過去。

然而這幕景象卻令譚皓安愣住了，他隱隱顫抖了起來。

「那個，我們不……」我趕緊想說我們不坐了，但譚皓安拉住了我的手。

「我不能一直原地踏步。」他低聲說，「如果我不能克服自己的心病，那我永遠都沒辦法前進。」

「這又不急於一時，譚皓安，我們可以……」

「不，我現在就想踏出那一步。如果我連自己都無法拯救，那我還能拯救誰？」他握緊我的手，踏出了艱難的第一步。

如果他決定暫時逃避，我會陪他一起等待他做好準備面對的那一刻；如果他決定往前，我也會和他攜手同行。

這無關我對譚皓安抱持的情感是否參雜了愛情的成分，而是身爲一個朋友，這是我必須做的，就如同我想爲華佑惟做的一樣。

因此我握緊他的手，配合他的步伐一步步往前，所有人都在看我們，我知道他們內心或許正想著：「走這麼慢幹麼？」、「有必要牽手嗎？」、「沒看到大家都在等？」

人因爲聽不見他人內心所想，所以很容易產生誤會。

他們不會知道，此刻對譚皓安而言，是有多麼的重要，我暗自祈求不要有任何人發出責難的聲音。

我感覺到譚皓安的顫抖變得劇烈，頭上也不斷冒出冷汗，步伐虛軟無力。

他張了張嘴，卻連一句話都說不出來。

「譚皓安，有我在，我在這裡。」

「我陪著你走。」

「前面並不可怕，那裡並不是未知的地方，那是雲霄飛車。」

「那不會讓你失去什麼，也不會發生不好的事情。」

「我們會玩得很開心。」已經走完一半的路程了。

「從雲霄飛車上可以俯瞰整座遊樂園。」

「譚皓安，我在這裡。」

「我們到了。」我幾乎要掉下眼淚。

譚皓安面色慘白，卻又像是終於得以順暢呼吸一樣，他深深吸吐了幾次，不敢置信地望著我。

「我辦到了。」

「你辦到了。」我哭了，我也辦到了。

終於，我們終於做到一件事了。

然後他緊緊地抱著我，我也抱緊了他。

「那個，可以盡快上去嗎？」雲霄飛車的工作人員不耐煩地說，排隊的人群也不以爲然地嘖嘖作聲。

管他的，就算全世界都不理解也沒關係，重要的是譚皓安，雖然心病沒那麼簡單可以治癒，但他總算邁出了第一步，最重要的第一步。

接下來的一整天，我們玩得很開心，譚皓安更因爲首次克服了內心的恐懼，情緒相當高漲。

日落時分，我們站在港灣邊，海面反射著夕陽的橘色暖光。

譚皓安拿出手機，「我幫妳拍一張照片吧。」

「這還是你第一次在拍照前先詢問我的意見呢。」我笑著說，擺好姿勢。

「九十六、九十七。」

「就快滿一百張了，啊，我是不是還沒還你一百塊啊？」

「是啊，一百塊而已妳要欠多久？」他幾步走近我身旁。

「我現在還你！」我正要伸手從包包裡拿錢，他笑著把我的手壓下。

「跟妳開玩笑的。」

「是嗎？你記了這麼久，還跟我討了超多次債，就只是開玩笑？」我噘著嘴問。

「當然，我只是逗逗妳。」他聳聳肩，定睛凝視著我。

這次我大膽地回應了他的凝視。

譚皓安的眉毛即便沒經過修整，眉型也很好看，他的皮膚很光滑，頭髮就算被風吹亂也很有形，笑容也很有魅力，天啊，怎麼會有如此完美又可愛的人？

他傾身靠向我，而我彷彿被他的視線定住般，完全無法動彈，我看著他的臉逐漸貼近，最後我眼中幾乎只能看見他那雙滿懷情意的眼睛，我勉力撐起最後一絲理智，抬手遮住嘴唇，隨即感覺到一股溫熱輕碰我的手背。

譚皓安似乎很驚訝，眼睛睜得老大，直起身微微往後退。

「妳幹麼要遮住嘴唇？」

「我才要問你在幹麼，爲什麼要親我？」我有些尷尬地看著自己被「吻」過的手，不知道該往哪裡擺。

他搔了搔頭，一副很不自在的樣子：「妳都在日記裡那樣寫了，而且妳媽也約我跟妳一起來遊樂園了，還需要把什麼事都說得清清楚楚嗎？」

「我到底在日記裡寫了些什麼？爲什麼你和房之羽都覺得我……」我頓了下。

「妳怎樣？」譚皓安露出壞心眼的笑。

「就是，爲什麼會覺得我……喜歡你……」後面的三個字我講得格外小聲。

「妳自己不知道？」

我搖頭，我記得自己只是寫下每天發生了哪些事啊。

「妳的日記裡滿滿的都是我，我今天幹麼了，對妳說了什麼話，我看起來像在生氣，或是我上哪堂課在睡覺等等，有時候妳甚至還畫下了我的模樣，如果這都不算喜歡，那什麼才有資格稱做喜歡呢？」

「我、我哪有這麼誇張。」我開始結巴起來。

「所以妳是無意識那麼做的，這樣不就更明顯了嗎？妳喜歡我。」他很有自信地說。

「也許我只是很討厭你，所以才會那麼寫。」

「怎麼可能。」他聳肩，下一秒卻略略睜圓了眼睛看著我，「眞的假的？」

「譚皓安，這樣好不像你啊。」我忍不住笑出聲，怎麼在這種關鍵時刻，這個硬派帥哥的姿態一點也不硬了？

「我大概是有些……慌了手腳吧。」他今天倒是老實，「很多事都在我的掌控中，唯獨妳跟華佑惟的交往出乎我的意料之外。只是如今事情好像又有回到正軌的可能，所以我……」

「你喜歡我，是吧？」我看著他。

他一聲不吭地撇過頭，側臉微微泛紅，但也可能是染上夕陽的緣故。

「我還不知道自己的心意。」我也向他坦白。

我話一說完，譚皓安立刻不可置信地扭過頭看我。

「都這種時候了，妳還不知道？」他搖頭，哈了一聲，「但的確很像妳的作風，蠢蠢的，又很遲鈍。」

「我也談過戀愛，才沒你說的那麼笨。」我想起孫孟楷和葉伊澄，「可不管怎樣，我現在還在和華佑惟交往，我不想讓……事情發展成任何像是劈腿一樣的情況。」

譚皓安明白我的意思，點點頭，把手肘靠在港口邊的欄杆上。

「你之前說過，人沒到臨死前，都無法確定自己會不會做出哪些事。」我也靠在欄杆上，「也許眞的是這樣，但我會努力不讓自己做出那些我曾瞧不起的事，我說過了，我不想成爲會傷害別人的人。」

「妳啊，還眞是出人意料。」他笑了笑，伏下身體枕在自己的手臂上，側過頭抬眼看我，「或許妳一點也不蠢。」

「我一直都不蠢。」我悻悻然地說。

「可是妳終究無法避免傷害他人。」

我懂他的言下之意。

「那我只能盡量把傷害降到最低。」我盯著前方被夕陽染成一片橘紅的海面，心中湧出一股自己一定要辦到的使命感。

譚皓安忽然飛快地從口袋掏出手機，又拍了我一張照片，輕聲評論：「九十八，令人意外的一面。」

我勾起唇角，「好吧，還算令人滿意。」

「陳書海，我們在一起吧。」譚皓安目光認眞。

我倒抽一口氣，不可置信地說：「我剛才明明跟你說過我的想法。」

「我知道，不過我還沒說我是怎麼想的。」這流氓竟然直接牽起我的手，「我們在一起吧。」

「不是現在。」我嘟囔著強調。

「我知道。」

他拉著我的手搖晃了幾下後鬆開，我忽然因為空了的手心而有些落寞。

「譚皓安，你為什麼會喜歡我？」我問。

畢竟，從認識以來他對我的態度都不像是喜歡。

他聳肩，「我也說不上來，真要說的話大概是心地善良，又知錯能改吧。」

「知錯能改，這應該是最棒的讚美了。」我有感而發。

「很少人會說希望自己不要傷害他人，人活到一定的年紀後，都會傾向選擇保護自己，不讓自己受傷。」他定定地看著我，「但我也希望，妳別讓這個念頭成為妳的心病，如果只是一味想著要保護他人，最後也許會傷害到自己。」

不知道為什麼，他的話讓我想到了華佑惟，我有種感覺，他一直以來的行為都像是在保護著什麼。

「我不會的。」我朝譚皓安笑了笑，「我會努力。」

「那當妳難過、害怕時，別忘了還有我在，就如同妳剛才陪我走過那段路，我也會陪妳的。」

「溫柔的你還真有點奇怪啊。」我笑著打趣，眼眶卻逐漸溼潤。

原來眼淚與笑容，是可以和平共存的。

第九章

「今天好玩嗎？」華佑惟傳來關心的簡訊。

「嗯，好玩。」我雖然覺得心虛，可較之於前一段日子，心情卻平穩許多。

我知道自己不是一個人，無論發生什麼事，都有朋友和家人支持我。

那麼華佑惟知道嗎？

知道他不是一個人，最起碼還有我們這群朋友。

「明天我們能見面嗎？」他問。

「明天我家有客人。」

「這樣啊。」

我彷彿能看見他沮喪的神情，我想了一下，又寫：「不如後天？」

「好啊！」

透過短短兩個字，我可以感受到他的開心。

華佑惟，能拯救你的不是身爲女友的我，而是身爲朋友的我們。

「那我要先睡了，晚安，明天再約。」

「好，晚安。」

然後我點開譚皓安的對話框，告訴他葉伊澄明天過來的時間，還有剛才華佑惟傳訊息給我。

「妳打算跟他說清楚嗎？」

「對，不能再這樣下去，一開始我就做錯了。」

在保健室的時候，我就不該承認自己和華佑惟在交往，我那半調子的溫柔只會把華佑惟傷得更重。

我並不愛他，大家也看得出我的笑容勉強，那一向心細如髮的華佑惟就更不可能沒有察覺到。

然而，他選擇用笑容掩飾一切，假裝沒有看見任何不對勁。

我的溫柔逼得我和他都無路可走，也無路可退。

「我陪妳去吧。」譚皓安自告奮勇。

「謝謝，但我想華佑惟如果見到你，情況不會更好。」

「但總比妳一個人過去好，還是妳找房之羽一起？」

「我想這些事該由我和華佑惟自己解決。」

只有我和華佑惟單獨面對面，才是對他的尊重。

「不論妳怎麼說，我都不可能讓妳自己去，但我會躲得遠遠的……不讓妳發現。」

我不禁莞爾，「這樣聽起來好像變態。」

「對啊，變態。好了，該睡了，明天要有心理準備，也許會聽到一些讓人難受的事。」

「嗯，晚安。」

我把手機放回桌上，眼睛盯著書櫃上那一排的心理書籍，回想起當初和華佑惟去書店買書的情景，當時他對架上的心理書籍如數家珍，幾乎每本都看過。

華佑惟爲什麼會看這麼多心理書籍？單純因爲興趣嗎？還是有其需要？

如果是因爲有其需要，又爲什麼需要？像他這麼聰明的人，是不是早已自行察覺自己的心理狀況有哪裡不太對勁？是因爲這樣，所以才會去看那麼多與心理疾病相關的書籍嗎？

眞是我所猜想的這樣嗎？

我躺在床上，愈想愈是輾轉難眠，忽然腦中靈光一閃。

我立刻爬下床，抽出一本當時買下的書翻到目錄，隨即眼睛一亮，根據目錄的索引，找到了想知道的內容。

自殺者遺族時常面臨到幾種情緒困擾：

羞恥、愧疚、指責、憤怒、無盡的自責。

種種的疑問再也得不到解答，於是自殺者的遺族就帶著這樣的悲慟，一次又一次在

失落情緒中煎熬。（注2）

讀完這段敘述，我深吸一口氣，無法想像當時年紀尚幼的華佑惟就要經歷這些可怕的情緒，那時有人陪著他一起度過嗎？

我抓緊了手中的書，不管那時候有沒有人陪著他，現在，我們會陪在他身邊。

隔天一早，在手機鬧鐘響起前我就醒來了，我躺在床上出神地看著天花板好一會兒，才慢吞吞地爬起來，關掉手機的鬧鐘。

步出房門，我發現爸媽早就起床了，正在廚房準備早餐。

我走近廚房，見他們一個正在洗菜，一個正在煎蛋。

爸爸邊洗菜邊對媽媽說：「蛋的邊緣焦掉了，還有書海喜歡炒蛋，啊啊，我蛋黃不要熟！」

「你這麼愛念，幹麼不自己來？還有菜洗那麼久是要怎樣？綠色的菜葉都快被洗成白色了！」媽媽也不甘示弱地回嘴。

儘管如此，兩人的嘴角卻都噙著隱隱的笑意。

看著他們，我覺得所謂的幸福大概就是這樣。

所以媽媽才會說要找到一個能自在相處的對象嗎？即使偶有拌嘴，也依然能從對方身上感受到快樂與愛。

要是有一天，我也能和自己喜歡的人一起生活該有多好。

我腦中不禁浮現譚皓安的臉，下一秒我猛地搖頭甩開那些旖念，現在不是處理兒女私情的時候，有更重要的事要先面對。

於是我暫時先將這份體悟收入心中，打算好好記住此刻的心情，並告訴自己，以後要勇敢追尋這樣的幸福。

#

譚皓安在十點準時出現在我家門口，媽媽見到譚皓安時並沒有太大的驚訝，而是熱絡地招呼他進來。

「陳媽媽好，上次眞不好意思。」譚皓安指的是他打了華佑惟那次。

「哪兒的話，我明白年輕人血氣方剛。」媽媽笑得曖昧，瞥了我一眼。

我有些不好意思地扯扯嘴角，但更多的是想翻白眼的情緒，畢竟被媽媽調侃和被朋友調侃完全不一樣，媽媽這樣讓我有點煩躁。

注2：引自陽光・希望・愛飛揚部落格〈不能言說的傷——談自殺者遺族的悲傷關懷〉一文。

「媽，不要亂說，現在也不是說這些的時候。」我認眞地說。

媽媽也明白我的意思，便沒再多說什麼。

「妳還好嗎？」譚皓安輕聲問我。

我點點頭，卻仍覺得全身緊繃。

「來吧，這邊坐。」爸爸招呼譚皓安坐下。

譚皓安從我身畔走過時，給了我一個微笑，這爲我增添了些許勇氣。

就在這時，門鈴響了，我從對講機的顯示螢幕上看見葉伊澄的身影，她是一個人過來的。

「葉同學，謝謝妳過來。」媽媽一見到她就立刻向她道謝。

葉伊澄穿著素色T恤與牛仔褲，臉上沒有化妝，一身打扮和同學會那天截然不同，但今天這副模樣更清爽好看。

「不會。」葉伊澄輕聲說，然而在看見我之後，她的臉色微微一僵，難掩心中的不情願。

「謝謝妳來，眞的很謝謝妳。」我眞誠地對她說。

「因爲妳媽媽很……我不知道怎麼拒絕她，而且我的確有點在意事情後續的發展。」葉伊澄皺起眉頭，「聽謝子晏學長說，妳和華佑惟在一起了？」

「他們沒有在一起。」坐在沙發上的譚皓安搶著回答。

葉伊澄的眼神朝他瞟去後微怔，似乎認出譚皓安就是騎腳踏車載過我的男孩，接著目光又移回我身上，她點點頭，露出更加不屑的表情，「原來如此。」

「妳誤會我了，事實上妳可能也沒誤會。」我用力搖頭，現在不是爲自己解釋的時候，「總之，謝謝妳過來。」

葉伊澄微微頷首，在爸爸的招呼下，走到沙發的另一頭坐下，而爸爸則轉身去廚房泡茶，並且將一早就準備好的茶點陸續端出。

葉伊澄時不時抬頭四處打量我家，表情偶而流露出驚訝和強烈的鄙夷，看向我的眼神更是明顯帶著輕蔑。

「我家更大。」譚皓安忽然說了這句乍聽之下像是炫耀的話，葉伊澄向他投去不悅的目光，「生長在富裕家庭不是我們的錯，妳不該因此仇視我們。」

他的聲音並不大，至少待在玄關的媽媽，以及在廚房的爸爸都沒有聽到。

「妳之前罵過我的那些話說得很對，我從來沒有意識到，也許我以前眞的是……對孫孟楷太壞了，但和他在一起的那段時光我很開心。」我輕扯嘴角，「謝謝妳今天願意過來，妳不知道這對我們來說有多重要。」

葉伊澄原本還面色不豫，在聽到我坦率地承認自己的錯誤後，她面露訝異，片刻，她聳了聳肩：「我已經聽妳媽媽說了大致的經過，我知道妳不是壞人，只是妳和我生長在不同世界。就像綠茵是專供你們這種人就讀的學校，把你們與我們這種平凡老百姓區隔開來。」

我和譚皓安互看一眼，我接著問：「妳有告訴……」

「我沒讓任何人知道我今天會過來，以後也不會告訴任何人。我和妳之間的事是一回事，華佑惟的事又是一回事，我不會混爲一談。」

難怪孫孟楷會被葉伊澄吸引，公私分明、敢作敢當，這樣一個性格強烈、好惡分明的女孩，他又怎麼能不喜歡上她？

門鈴再次響起。

「歡迎！好久不見了。」媽媽和一個身形有些豐滿的阿姨擁抱。

「好久不見，書海都長這麼大了，妳還這麼小的時候我曾經抱過妳，不過妳應該沒印象了吧。」張阿姨在自己的懷中比劃了個大小，我尷尬地笑了笑，譚皓安倒是眞的笑出聲來。

「阿姨，她現在已經這麼大、這麼胖了，沒有人抱得動她。」

我瞪了譚皓安一眼，狗嘴吐不出象牙的傢伙。

「來來，請用茶點。」爸爸先替所有人斟上一杯香氣濃郁的熱紅茶，接著又從廚房陸續端出切好的水果和餅乾，忙了好一會兒，才在媽媽旁邊落座。

「謝謝，您太客氣了。」張阿姨長得很慈眉善目。

「這位是書海的朋友，譚皓安。這位是華佑惟以前的鄰居，葉伊澄。」媽媽向葉伊澄確認，「伊澄，妳和華佑惟並不認識，只是因爲住在附近，所以妳知道他，是吧？」

葉伊澄點點頭。

「伊澄，那麼能麻煩妳先說說妳知道的事嗎？」爸爸開口。

「嗯，我小時候住的……應該說我現在還住在那裡，巷子裡曾有間雜貨店，店主姓華，因爲這個姓氏很特別，所以我一直印象深刻……」

葉伊澄說，不僅住在附近的小孩子都喜歡去雜貨店買玩具或小零食，大人也時常會去店裡光顧。華家有個兒子和她同年，這件事也是有次她陪著媽媽和雜貨店老闆娘在聊天時聽到的。

「我們家佑惟太早熟了，讓我有一點擔心。」老闆娘邊說邊不自在地用手撥了下頭髮，刻意讓頭髮披散下來，似乎是想藉此遮住臉頰上的瘀青。

她的身上總是有著大大小小的傷痕。

「阿姨好笨，妳一定是常常跌倒吧。」

「當時我年紀小，不清楚那些傷痕是怎麼回事，我只記得自己說了這句話後，被我媽用力扯了一下手，但華阿姨卻很溫柔地摸摸我的頭，說她眞的是太笨了，才會一直跌倒。」葉伊澄咬著下唇，神情有些憂傷，「至於華伯伯則一天到晚醉醺醺的，有時候我們一家外出吃飯回來，會看見他和一群人聚在路邊賭博，大家都很喜歡華阿姨，卻會對華伯伯敬而遠之。」

葉伊澄說，她知道華佑惟身上有時也會出現傷痕，但她和那個總是面無表情的男孩從來沒說過話，因爲男孩身上有一種難以接近的冷漠氣場。

然後有一天，雜貨店沒開，拉下的鐵門上被人用紅色的油漆寫了好幾個大字，葉伊澄的媽媽把她拉開，不准她再過去。過了大概一個月左右，葉伊澄都沒再見到華家任何一個人，直到國小畢業典禮那天，她終於在畢業典禮上看見華佑惟。

葉伊澄當下鬆了口氣，想著他們一家都沒事就好，既然華佑惟出現，那雜貨店今天應該有營業吧？出校門後，葉伊澄跟在華佑惟的身後，但有刻意落後一小段距離，以防被他發現。

之後，她站在巷頭看見華佑惟在拉開雜貨店的鐵門後，傻愣愣地站在門口許久，動也不動。

葉伊澄心生困惑，正想緩步靠近。

這時，有個鄰居從家裡出來，看見華佑惟先是親切地向他打了招呼，在走到雜貨店門口前時卻忽然尖叫，聲音裡飽含驚懼，葉伊澄嚇了一大跳，連忙加快腳步往前湊過去，想看清楚是怎麼回事。

雜貨店前聚集的人群愈來愈多，有人喊著要叫救護車，有人說要報警，只有華佑惟一個人靜靜地站在原處，下巴微微上仰，目光空洞虛無，不知道在看什麼……

「妳……妳也看到了嗎？」我感覺到喉嚨乾澀無比。

葉伊澄搖頭，「我被大人拉開了。雜貨店隨後被拉上了封鎖線，我是過了一陣子才聽聞當時華佑惟親眼目睹他爸媽上吊身亡，後來我就沒再見過他了。直到上次在你們的國中同學會上才又意外遇到，但他整個人變得很不一樣，和以前截然不同。」

「妳說他小時候都面無表情，可是現在的他卻總是笑臉迎人。」譚皓安點出了我最在意的部分。

「我知道的就是這些了。」葉伊澄聳肩，「意外碰見華佑惟這件事，我也沒跟父母提起，總覺得不要講比較好。」

「彩霞，請告訴他們妳能透露的事就好。書海和皓安都是佑惟的朋友。」媽媽對著張阿姨說。

張阿姨嘴角掛著微笑，眼睛卻不斷地打量我們。

「阿姨，佑惟對待任何人總是很溫柔，也總是一直面露微笑，好像不管發生了什麼事他都可以笑著帶過，我從來沒看過他生氣，可是……他有些地方很奇怪，像是他誤會了我話裡的意思，但我知道他其實並沒有誤會，他似乎只是需要找一個藉口。」我頓了一下，又說：「然後最奇怪的一點是……當皓安因爲氣憤而上前毆打他時，佑惟居然還是笑著的。」

爸媽不約而同地朝我挑起了眉，彷彿在問我怎麼沒把這些事告訴他們。

「自殺者遺族會有強烈的被遺棄感，像佑惟這樣，不僅在年幼時就目睹了那樣的畫面，加上長期……是的，就是生活在家暴家庭中，這樣的孩子通常會出現幾種可能的傾向：害怕退縮、不知所措、挺身保護、向外求助、麻木漠視。」張阿姨耐心地爲我們說明，「而佑惟則是在心中萌生了一股要保護媽媽的責任感，這樣的孩子通常比較早熟，也過早失去了童眞。」

「他媽媽該不會是被他爸逼得自殺吧？」譚皓安問。

「這倒不是，他爸媽有留下遺書，他們認爲自己的死亡對華佑惟的人生其實更好，讓他得以從不幸的家庭裡解脫，他爸甚至在遺書裡說了，這是他做過對華佑惟最好的事。」張阿姨蹙眉，似乎很不能認同這個論調。

客廳裡的每個人都面色凝重，沒想到華佑惟的父母會有這種想法。

「當父母自殺離世，他這樣的孩子會更加自責，自責自己爲什麼沒有保護好家人。伊澄，妳剛剛說佑惟小時候面無表情是吧？但皓安又說了，佑惟現在總是面露笑容。」張阿姨偏著頭，像是陷入了回憶，「我第一次見到他的時候，他也是滿臉笑容，看了就叫人心疼。他用笑容武裝自己，好像在告訴自己只要面帶微笑，事情就會好轉一樣。」

我捂住嘴巴，眼淚開始不受控制地落下。

「有帶他去接受心理治療嗎？」媽媽問。

「當然，但他一直堅持自己沒事，也有固定去看心理醫生，可是……」

「那他的寄養家庭呢？會不會有什麼問題？」我也跟著問。

「他待過很多寄養家庭，目前這個寄養家庭待的時間最久，大概快兩年了，是一對膝下無子的普通夫妻，只是……佑惟這樣敏感的孩子，對於自己不是他們的親生兒子這件事很介意，所以他什麼都要做到最好。」

張阿姨表示，社工能做的事其實很有限，他們可以協助安排合適的寄養家庭，定期前去探訪，但華佑惟最終還是要靠自己走出陰影。

我咬著下唇，覺得這種想法太消極了。一個心靈受創的人要怎麼靠自己康復？身邊一定要有人幫忙才行。但也不能怪張阿姨這麼想，畢竟社工有太多這樣的孩子需要協助，他們的精力與資源都十分有限。

「待過很多寄養家庭，是有什麼問題嗎？」媽媽詢問。

「也不是有什麼問題，但曾有個寄養家庭跟我說，他們想要的是兒子，不是客人。」

我和譚皓安面面相覷。

「因爲他用微笑武裝自己，連帶著拉開了與他人的距離嗎？」我覺得好難過，胸口彷彿有什麼東西沉甸甸地壓著，幾乎令我喘不過氣。

張阿姨沒有回答，只淺淺嘆息了一聲。

「謝謝妳告訴我們這些。」媽媽向張阿姨由衷道謝。

「不會，能見到你們我也很開心，書海是綠茵的學生吧，眞是厲害。」張阿姨開始稱讚我。

而葉伊澄在一旁輕輕地冷笑了一聲。

會談結束後，我和譚皓安送葉伊澄到捷運站，她一路沉默著，直到要進入票閘口時，才停下腳步對我說：「也許我們都對彼此懷有偏見吧，我會努力改正對妳的偏見，但以後應該不會再見面了。」

「嗯，不過我還是要向妳道謝。」我對她發自內心地感謝。

葉伊澄與我四目相交，嘴角浮現一抹善意的微笑，便轉身刷卡進入票閘口。

從初見這個女孩，到這次或許是最後一次與她碰面，她一直是直來直往的態度，如果不是在那種情況下認識，我想我們說不定可以成爲好朋友吧。

「那我也先走了，明天我會和之羽一起去。」譚皓安對我說。

「不是說了你不要過來嗎？」我皺眉。

「我怎麼可能不去，我也很擔心佑惟，況且要是他在情緒激動下做出什麼事該怎麼辦？」

「我想，佑惟不會做出任何傷害我的事。」

「我知道，可是如果他做了什麼傷害自己的事呢？」譚皓安深深望進我的眼睛。

「那好吧，但你們必須躲在一旁，不能干涉。」因爲明白譚皓安這麼做是出於擔心，所以我最後還是同意了，「對了，讓之羽知道這些事眞的好嗎？」

「她很擔心妳，妳也知道的。就因爲妳什麼都不跟她說，她才跑來問我，雖然我也沒告訴她……」譚皓安嘴角輕扯。

「也許我們該一起告訴她，詢問她的意見。」

嚴格說來，房之羽與華佑惟最沒有情感糾葛，而且相較於我和譚皓安，她也比較能以客觀的角度去看待事情，說不定她能注意到我們沒有發現的盲點。

於是我打電話給房之羽，約她到我家附近的一間咖啡廳碰面。

房之羽騎著腳踏車很快就到了，她的頭髮被風刮得亂七八糟，身上甚至還穿著居家服，應該是一掛斷電話就衝出家門了，連儀表都沒能顧得上打理。

「我騎得有夠快的，幾乎要喘死了，你們這兩個王八蛋眞的要急死我！」她說完後，重重地各打了我們一拳，力道完全沒有客氣，非常痛。

「我們有不能說的理由，妳如果眞的那麼擔心，就在旁邊默默地溫柔守護啊。」譚皓安忍痛道。

「溫柔守護？虧你講得出這句話。」房之羽翻了個白眼。

「因爲情況比較複雜……很痛欸！」我忍不住揉揉又挨了她一拳的肩膀。

「之羽，如果我們告訴妳，不就像柯喻宸擅自把我的祕密告訴你們一樣。」譚皓安認眞地說。

房之羽卻不以爲然道：「難道華佑惟的過去是他自己跟你們說的？你們不也是透過別人才得知的嗎？」

聞言，我和譚皓安不由得一凜。

我們的反應大概早在房之羽的預料中，她輕輕一哂：「所以你們也在窺探華佑惟的祕密。」

「這不一樣，我們是因爲擔心他。」這句話聽起來很像藉口，事實上也是。我們的確私自透過各種方式探詢他不爲人知的過往。

「我也很擔心他，而且我保證絕對不會把他的祕密說出去。」房之羽抓緊我的手，「華佑惟被打的時候，我跟妳一起看到了他臉上的笑容，他那個反應不太正常，他是怎麼了？個性扭曲？還是心靈生了什麼病？」

一直以來遇到麻煩事就會選擇逃避的房之羽，在最近發生的諸多事件中卻屢次展現出英勇的一面，她應該也不是眞的愛逃避，而是心中有個類似檢傷分類的機制，會依事情的輕重緩急來決定是否要出手幫忙吧。

我感到很窩心，從她近來的反應就知道，她很看重我們這些朋友。

「華佑惟他大概……是心病吧。」我簡略地說了一遍這些日子以來發生的事，其中也提到了我和譚皓安昨天一起去遊樂園。

「所以你們還沒有在一起？」房之羽皺眉。

我頓時一愣，內心有種奇怪的感覺，不太敢往譚皓安的方向看去，囁嚅地說：「什麼啊……講得好像我們一定要……」

「算了，那不重要。」

我話還沒講完，就被房之羽打斷。

「沒想到華佑惟獨自承受了這麼多，我只要一想到他這些年來……是如何……就……」她的聲音逐漸哽咽了起來，微微仰起頭，手在臉頰兩旁搧呀搧的，想要阻止眼淚落下。

我和譚皓安互相看了一眼，我伸手拍拍房之羽的肩，她有些害羞地躲開。看樣子她不但不擅長安慰人，也不習慣被人安慰。

「我們明天去華佑惟家一趟吧。」譚皓安說。

「我們是指我們三個一起？等一下，譚皓安你不會又要跟佑惟打起來吧？佑惟知道你們的事嗎？嗯，他那麼觀察入微，一定知道。那佑惟知道書海其實一點也不喜歡他嗎？嗯……他也一定知道。」房之羽自問自答了一番。

「之羽，妳冷靜點，我和皓安是朋友，和佑惟也是朋友。我會好好跟他說清楚的，我認爲現在不是討論喜不喜歡的時候，重點是我們該如何幫助佑惟。」我正色說。

心病難醫，但只要有了起步，就是一大進展。

房之羽看著我，眼神滿是意外，然後露出燦爛的笑容道：「真沒想到妳會說出這些話，那個曾在教室哭哭啼啼說自己被男友劈腿的人去那兒了啊？」

她還有心思笑話我啊。

「妳說過的，要我聽聽別人的心裡話，我現在學會了。」我真心誠意地說。

房之羽和譚皓安他們之前待我雖不溫柔，處處有話直說，但正因如此，才能讓我正視以前視而不見的事物。他們的確改變了我很多，也讓我成為一個更好的人。

所以我希望自己也能為華佑惟帶來改變，讓他過得更快樂。

「不過我仔細想過，佑惟是真的喜歡妳嗎？」房之羽忽然問了個我從沒想過的問題。

「為什麼妳會這樣想？」

「假設他長久以來要求自己面露笑容是為了保護某些東西，像是保護他自己、保護他的家，那有沒有可能他說喜歡妳也是為了要保護什麼？」

我和譚皓安面面相覷。

我困惑地問：「這是什麼意思？保護我？他的確有說過類似的話，但為什麼要……」

「會不會是一種投射的心情？這只是個假設而已，我一直不覺得華佑惟喜歡妳，他雖然對妳特別溫柔，可是……他看妳的眼神就像是在看一隻弱小的小動物或是極需保護的易碎品似的，但也有可能是我想太多了。」房之羽說完令人介意的推論後，又要我們不要太放在心上。

經過好一陣子的沉默後，譚皓安拍了下大腿，做出了結論，「我們在這邊瞎猜也沒用，回家好好休息，等明天再見機行事吧。」

於是我們三人便各自返家。

#

華佑惟家離我家有一段距離，搭乘捷運還要再轉線。我傳訊息給華佑惟，說想去他家看看，他原先拒絕了我，但後來還是磨不過我的請求答應了。

「我家不好找，所以妳快到我家那站再跟我說，我去接妳。」

華佑惟在簡訊裡如是說。

「你們遠遠跟著，小心一點。」快到站的時候，我低聲吩咐譚皓安與房之羽。

「放心，我跟蹤技術一流。」譚皓安豎起拇指，和房之羽一同走到另一節車廂。

然後我傳訊息給華佑惟，告訴他我快到了。

才一走出站，就見到華佑惟已經等在那裡。

他穿著藍色的上衣和寬鬆的褲子，開心地朝我揮手，看起來孩子氣十足。

「嘿。」我向他打招呼，忍住了流淚的衝動。

「好久不見。」他伸手想要拉我，我反射性地躲開，他微微一愣，臉上的表情空白了一下，但很快又露出微笑，「我家就在前面，我出門前已經跟我爸媽說了妳會過來，待會就一起在我家吃飯吧。」

「好啊。」我覺得有些緊張，很想回頭確認譚皓安他們有沒有跟上，又連忙克制。

我跟著華佑惟穿過馬路，這一帶都是蓋滿老舊公寓的住宅區。

華佑惟家裡經營的麵店就開在第二條巷子的轉角，遠遠就看見有外帶的客人站在店門口排隊等著點餐。

「你家生意很好，我會不會打擾到你們？」我有點不好意思。

「不會啦，那些都是熟客，放心，我有預留座位給妳。」華佑惟眉飛色舞地說。

走進麵店，一對年約五十的中年夫妻正在店裡忙進忙出。

「爸、媽，這是陳書海。」

面容樸實的男人停下手邊的工作，看了我一眼，「妳好，歡迎，裡面坐啊！佑惟，你也是，快進去坐。」

他熱情地招呼我，態度周到，可在華佑惟經過他爸爸身邊時，兩個人只含蓄地微微頷首……家人之間會這樣打招呼嗎？

「書海，歡迎妳來，想吃什麼盡量點。」有著慈藹笑容的女人過來招呼我，她長得和華佑惟一點也不像，這是當然的，不過她的笑容和華佑惟一樣。都有種說不上來的怪異。

「媽，你們忙，我會自己招呼書海。」華佑惟客氣地對他的養母說。

女人似是一愣，「是嗎？」

「是呀，我沒關係的，阿姨你們忙自己的吧。」我趕緊說，照顧店裡的生意要緊。

「那好，我們去忙了。」華佑惟的養母彷彿鬆了一口氣，轉身檢視點好的菜單，著手切起了小菜。

「妳會來這樣的地方吃東西嗎？」當我專注地看著那對夫妻的動作時，華佑惟忽然這麼問我。

我愣了一下，隨即恍然大悟。

想起葉伊澄所說的，她覺得一般平民百姓和我這種富家女是生活在截然不同的兩個世界裡。

「佑惟，你也在綠茵念書，應該知道我和你並沒有那麼大的差異吧？」我故意瞇起眼睛睨了他一眼，「我很喜歡逛夜市，也會去吃路邊攤，最愛臭豆腐，我們生活在同一個世界裡。」

華佑惟愣了愣，然後笑笑地點頭：「那妳想吃點什麼呢？」

我在菜單上畫下了魷魚羹麵、滷豆腐、燙青菜和肝連，接著華佑惟逕自走到小菜櫥櫃前切菜，動作熟練。

我可以與華佑惟共享許多美好的時光，可是我對他眞的不是男女之間的喜歡，爲了對彼此負責，我不能陪著他繼續逃避了。

也許面對現實會很痛苦，但我們不能因此放縱自己的軟弱，必須勇敢面對，才能好好地走向未來。

等到麵店的生意不那麼忙碌後，華佑惟的養父母朝我們這桌走過來。

「眞歹勢啊，妳難得過來這邊，我們卻一直忙到現在才有空跟妳聊天，你們是同班同學對吧？」華佑惟的養父抓起掛在脖子上的毛巾擦了下額頭的汗。

「不會啦，東西很好吃，我吃得很飽，謝謝。」我連忙回話。

華佑惟的養母看著我，表情很是溫柔，「千金小姐就是不一樣，舉手投足都好有氣質。」

我趕緊擺手，「不不，佑惟才是呢，他成績好，個性溫柔，還很照顧朋友。」

「是這樣嗎？其實我們不太知道他在學校表現得怎麼樣。」華佑惟的養父憨厚地笑了笑。

「是啊，我們很尊重他，他的事我們都讓他自己作主。」華佑惟的養母說。

「關於佑惟之前受傷的事，我很抱歉。」我站起來，認眞地鞠躬道歉。

華佑惟的養父母滿臉疑惑，華佑惟則拉著我坐下：「沒事，沒必要再道歉的，書海。」

「喔，那件事啊。」華佑惟的養母恍然大悟，看了華佑惟一眼，「他身上的傷都已經好了，沒事沒事。」

「小孩子打打鬧鬧，很正常。」他的養父笑著說。

那樣的笑容無端地讓我覺得刺目。

「佑惟長這麼大了，很多事情都可以自己決定和處理。」

「是啊，我們崇尚歐美教育，讓孩子自行處理事情，才能培養出負責任的心態。」

「所以我算是滿獨立的。」華佑惟也笑了。

我愣愣地看著眼前的三人，忽然感到非常荒謬。

嘴巴上說尊重華佑惟、什麼事都讓他自己決定，但這不就等於漠不關心嗎？漠視，也是一種虐待啊！

「老闆——」有客人在外頭喊人。

「妳隨便坐。」華佑惟的養母分別對我和華佑惟笑了笑，隨即夫妻倆便朝客人迎了上去。

華佑惟的養母對我，和對華佑惟所露出的笑容是完全相同的。

我只是客人，而華佑惟雖然跟她沒有血緣關係，卻好歹叫了她一聲媽，她怎麼能對我們露出毫無差別的客套笑容呢？

「佑惟，你家麵店爲什麼會叫作張家麵館？」我刻意問起這個尖銳的問題。

「因爲我是養子。」華佑惟的坦白讓我有些訝異，「班導也知道喔，這其實不是什麼祕密。」

「這樣啊……」我突然詞窮了，因爲沒料到他會這麼乾脆地告訴我，這反倒讓我不知該如何接話，只好提議，「我們去外面走走吧？」

「好啊，等我一下，我把桌面收一收。」

「我也一起幫忙。」

我們合力將桌面收拾乾淨，在向他的養父母道別後，走到店外。

「附近有個小公園，去那裡走走好嗎？」

「可以啊。」我偷偷環顧四周，卻沒有發現譚皓安和房之羽的蹤影，看來要麼是他們躲藏得很好，要麼就是他們跟丟了。

來到公園後，我們沿著公園裡的池塘繞了一圈，又遛了一會兒鞦韆，我提議去踩健康步道，華佑惟覺得不錯，便脫下鞋子，穿著襪子踩在小石頭上，時不時哇哇大叫。

「華佑惟。」我走在他後面，凝視著他的背影，深吸了一口氣，「你知道我對你並不是男女間的那種喜歡吧。」

「嗯，我知道。」他果然知道，他的聲音平靜，雙手朝外打直，繼續向前走。

「所以我們並不算眞的交往，你也知道的。」說完，我哽咽了起來，我明明不想傷害他，卻非得如此。

「我只是想保護妳。」他放慢腳步，手也垂了下去，音量低得像是在喃喃自語。

「你要保護我？」我吸了下鼻子，「爲什麼要保護我？」

「因爲他凶妳了，因爲妳哭了……」他的聲音逐漸低不可聞。

我快步走到他旁邊，見他低垂著頭，神情愣怔，便輕推了他一下：「華佑惟？」

他回過神，抬頭對我微笑，「我當然要保護妳。」

「你其實也不喜歡我，華佑惟。」我抓住他的手臂，「對不起，我當初就不該答應跟你交往的。」

華佑惟有些木然，點點頭繼續張開雙手往前走，「是這樣啊。」

「華佑惟，我想幫你。」

「幫我？我沒事啊，我很好。」他輕笑了一下。

我再次跑到他面前，「我、我之前和譚皓安去遊樂園，然後又碰上了類似園遊會那天的狀況，但我陪著他一起克服了他的心病，華佑惟，我也可以……」

「陪我克服心病嗎？」華佑惟看著我，臉上所謂的微笑充其量就只是嘴角上提，他的眼裡毫無笑意，「妳沒有辦法的。」

「華佑惟……」

他伸手彷彿要碰觸我，卻兀自停在半空中，接著又縮了回去，他越過我往前走，

「這樣啊……妳和皓安去了遊樂園，嗯……所以你們在一起了？」

「沒有！」我追上去與他同行，用力搖頭，「畢竟我們又沒有分手，我怎麼能做出那種事？在我因別人劈腿而受到傷害後，又爲你帶來同樣的傷痛？」

「是啊，原來是這樣。」華佑惟停下腳步，歪頭笑著說：「但我並沒有被妳傷害到喔，也許我還傷害了妳？」

我不由得一愣，不明白他是什麼意思，並隱隱察覺到一絲異樣。

華佑惟太冷靜了，冷靜過頭了。

雖然我也不希望他情緒激動，但這樣毫無波動的情緒正常嗎？

「我當時不該承認我們在交往，我應該早點跟你說清楚的，對不起。」我鄭重地向他道歉。

「保健室那時候啊，我知道妳是爲了幫我才會那麼說，所以不用跟我道歉，沒事啦，我本來就覺得妳和皓安很相配，所以即使我介入了也沒有用，你們還是會在一起的……」他不像是在跟我說話，反倒像是在自言自語，眼神散亂。

「華佑惟，你可以、可以生氣，可以罵我，但你不要這樣。」

「可是我並不生氣，也不想罵妳，我這樣會很怪嗎？」他轉過來注視著我，唇角依舊勾起，「大家都說我這樣很怪，我的每一任養父母也都說我很怪，說我幹麼一直笑，但爲什麼不笑？笑的話才會有好事發生吧？也許就是因爲我以前都不笑，爸媽才會覺得我很不幸，才會選擇用那種方式離開我，一定是這樣的，一定是的。妳看，剛才我的養父母就接受了我的說法，要笑、要開心，你看我們剛剛那樣的相處模式不是很好嗎？」

我拚命搖頭，揪住他的衣服，「不好，人都會生氣、會哭、會悲傷，會有各種情緒，你不用強迫自己露出笑容也會幸福的！你也可以哭、可以生氣啊！我拜託你不要這樣笑好不好。」

「我眞的不想哭，也不想生氣啊。」他眞切地說，目光一片空洞虛無，卻還是笑著……

一直笑著。

難道華佑惟連感知情緒的能力都失去了嗎？

我頓時覺得眼前一片黑暗，我太天眞了，我能爲他做什麼呢？我根本幫不了他，也不知道該怎麼幫。

我悲傷地看著他，他的雙眼卻彷彿穿透我，看向非常遙遠的地方，眼珠緩緩游移。

我忽然有種感覺，站在我面前的華佑惟，其實還是那個放學回家以後，目睹雙親上吊自殺的十二歲孩子。

他的人生被卡在了那一刻，無法前進。

第十章

「我們想得太天眞了。」

和華佑惟分開後，我、譚皓安和房之羽在咖啡廳集合，氣氛一片愁雲慘霧。

他們其實一直跟在我和華佑惟後面，也大致聽見了我和他在公園裡的對話，並目睹華佑惟最後臉上掛著一如往常的笑容，拍拍我的頭說：「那就這樣吧，今天謝謝妳來。」

「他需要專業醫生的協助。」房之羽也沒了那種「有朋友就能戰勝一切」的天眞心態，發覺事態嚴重且異常棘手。

「他有定期看醫生，也許醫生、朋友和家人三方面的協助都缺一不可吧……你們沒見過他養父母對待他的方式，不是不好，但就是有股難以言喻的疏離感，如果能讓他們之間的關係別那麼生疏，會不會好一點？」

「我覺得這個部分很難解決，也不是我們能解決的。之所以會這麼客氣地相處，也許是因爲他的養父母怕傷害他，又或者是華佑惟怕養父母不要他。我覺得首先要想辦法讓華佑惟說出眞心話，唯有他願意把心裡的話說出來，後續才有解決的可能。」譚皓安經歷過心病的折磨，也因此是我們三人中最理解華佑惟處境的人。

「不如皓安你再去跟他打一架？不是說建設前得先破壞？」房之羽出了個餿主意。

「只怕在重新建設之前，華佑惟就被打成碎片了。」譚皓安的想法和我一樣。

坐困愁城了好一會兒，我們無力地趴倒在桌上，心中充滿挫敗感。

忽然間，房之羽抬起頭來，雙眼發光。

「等等，如果又是那些莫名其妙的建議就別講了。」譚皓安伸手制止她胡亂發言。

「不是啦，不如我們約他出去玩怎麼樣？」房之羽從背包找出行事曆，「再過沒多久就要開學了，假設我們能一起出去玩，放鬆一下……」

「都什麼時候了還玩……」我正要嘆氣，但譚皓安卻坐直了身體。

「這個主意不錯。」

「什麼？」我驚訝地張大嘴巴。

「去一個陌生的地方會給人一種暫時脫離現實的感覺，這應該可以讓他的武裝稍微鬆懈，這是一個很好的主意！」譚皓安興奮地附議。

「是啊，我就是這個意思。」房之羽邊說邊拿起手機，開始尋找適合的出遊地點。

聽他們這樣一說，我也覺得這個主意不錯，所以馬上打電話給華佑惟。

第一通電話他沒接，我又打了第二通，這次他過了很久才接起，聲音聽起來有些疲倦。

「華佑惟，我們一起出去玩好嗎？譚皓安和房之羽也會去，就快要開學了，我們一同製造美好的夏天回憶吧。」雖然剛才和他那樣分別有點尷尬，但現在可不是在乎那些小事的時候。

「嗯，好啊。」華佑惟一向不會拒絕別人，此時的我非常感謝他的這種個性。

於是大家迅速敲定了出遊的時間與地點。

#

房之羽選定的出遊地點，是個不太熱門卻很漂亮的景點，她說這就叫做祕境，她叮囑我們千萬不能在臉書上打卡，因爲只要一被大眾熟知，這個地方就不再是祕境了。

房之羽家的司機開車載著我們來到這處「祕境」，一大片乾淨漂亮的潔白沙灘上只有我們四個人，就好像我們獨占了這份無以倫比的美麗。

「爲了隨時可能的海灘行程，我可是早已做好準備了！」房之羽邊說邊拉開外套，她裡面居然穿了比基尼。

「這邊又沒有其他人，妳穿成這樣也沒人看。」譚皓安一邊架起高架傘，一邊冷言冷語。

「是嗎？也是啦，誰要看我呢？所以書海，妳還不脫嗎？」她壞笑地看著我。

我頓時臉上一熱，「笨蛋，妳在說些什麼！」

房之羽朝我衝來，一把拉下我的外套拉鍊，然後我看見譚皓安先是睜圓了眼睛，隨即雙頰飛紅，彆扭地把視線投向別處。

「妳這個笨蛋！」我生氣地敲了她的頭一記。

「幹麼啦，反正還不是遲早都要脫掉！」房之羽一臉無辜至極的模樣。

「哈哈哈，你們要喝飲料嗎？」華佑惟打開小冰箱，拿出幾瓶飲料。

「謝啦！」譚皓安接過，朝華佑惟點點頭。

兩人的互動沒有任何異樣，看樣子我的擔心是多餘的，男孩子之間本來就不會像女孩子那樣存在著諸多疙瘩吧。

「大海！太漂亮了，我要下去啦！」房之羽說完就朝大海跑去，我趕緊拉住她。

「要先做暖身操啦！不然等一下抽筋怎麼辦？」

「才不會，只是在海邊踩踩水，沒事啦！」然後她就一個人衝了出去。

「我們乖乖做暖身操。」眞拿她沒辦法，我轉而吩咐兩個男生。

「妳自己在這邊做吧，華佑惟，我們到那邊做。」譚皓安把華佑惟往另一邊推，兩人走出陽傘的遮蔭，開始伸展手腳。

幹麼要分開做操？啊，因爲我穿著泳衣嗎？雖然不是比基尼，但也算是曲線畢露……譚皓安是怎麼了？怎麼會突然不好意思起來。

做完暖身操，譚皓安像個小孩似地往大海狂奔，我坐在陽傘下塗抹防曬乳，華佑惟則蹲在另一邊堆沙堡。

我偷瞄了一下他的側臉，他臉上淺淡卻愉快的笑容讓我放心不少。

抹完後我站起身，在華佑惟身旁蹲下，「你好厲害啊，我一直沒辦法用沙子堆出城堡呢。」

「這是以前我爸媽教我的，我是指我的親生父母。」華佑惟說話的神情並沒有太多悲傷，反而充滿了懷念。

「我想他們一定很高興，因爲你沙堡做得很好。」

他沒有回答，只是用拇指撫平沙堡的表面，接著開始製作尖塔。

「是你爸爸，還是你媽媽教你的呢？」我繼續問。

「我爸，當時他還沒酗酒，一切都很正常。」他歪了歪頭，露出毫無笑意的笑容，「這是他唯一教給我的東西，不，他還教了我另一樣。」

「什麼？」

「永遠不能動手，要保護女孩子。」他抬頭看著我，「每當他又打我媽的時候，我就會這樣想。」

這話題沉重得令我無法接下去，「我能幫你什麼呢？」

「妳幫不了的。」他說的話和在公園那天說的一樣。

「起碼我可以幫你堆沙堡。」我朝他淘氣地一笑，拿起一旁的小水桶，「我去裝些海水給你，可以吧？」

華佑惟沒料到我會這麼說，噗嗤笑了聲，「好啊，麻煩妳了。」

我拿著小水桶朝大海走去，目前暫時這樣就可以了，既然無法爲他袪除心病，那就先當他的心靈支柱吧。

裝好海水，我朝海面望去，只見譚皓安正全身溼淋淋地走回來，咦，那房之羽呢？沙灘與海面皆是一望無際，卻不見房之羽的蹤影。

「皓安！之羽呢？」我有些心慌。

譚皓安狐疑地回過頭：「不就在那……」

他也愣住了。

「房之羽！」糟了，我心中一涼，雙腿微微發軟，大聲呼喊著房之羽的名字，譚皓安也跟著四處張望找尋。

「在那裡！」站在沙灘高處的華佑惟指著前方大喊，有隻手若隱若現地出現在海面上。

「天啊！」我連忙要過去救她，譚皓安卻飛快攔住了我。

「妳不要過來，佑惟，抓住書海，我去就好。」

說完，他迅速跳入海中，朝房之羽的方向游去。

被留下的我和華佑惟只能焦急地在沙灘上等候，死死盯著房之羽那隻掙扎著伸出海面的手。

然而下一秒，房之羽的手不見了。

「我看不見之羽了！華佑惟你有看到嗎？」我擔心得渾身發抖，眼淚都快掉出來了。

華佑惟將雙手搭到我的肩上，像是要安撫我的憂慮，但我感覺得到，他也同樣全身打顫。

「沒、沒看到……有了！皓安救到她了！」華佑惟的聲音忽地充滿喜悅。

當譚皓安游抵岸邊，喘著粗氣把房之羽拖上來時，她已經陷入暈迷了。

我心裡湧起一股強烈的害怕，不，這不是真的！

「之羽！房之羽妳醒醒！」我趕緊蹲到她旁邊拍打她的臉頰，但譚皓安卻一把把我推開。

「給她一點空氣！」他迅速將房之羽的下巴抬高，並打開她的嘴暢通呼吸道。

CPR，對，應該要先CPR，我太慌張了！

我連忙把腳打開到與肩同寬，跪在房之羽身側，然後把右手掌根按在她胸部中間，左手交疊在右手背上。

「快打一一九，快！」我大喊，隨即打直手肘，垂直往下按壓。

我腦中快速回憶著上課學過的CPR要點，一邊為房之羽進行胸外按摩，一邊喘著氣計算次數。我的眼淚不斷沿著臉頰滑落，做完三十下胸外按摩後，我改爲房之羽進行人工呼吸。施救過程中，我隱約聽見譚皓安不僅打了電話叫救護車過來，也通知了剛才送我們過來的房之羽家的司機。

只有華佑惟始終站在一旁，動也不動。

「快醒過來啊！房之羽！」我渾身是汗，不斷地重複CPR的施行。

突然，我眼角餘光瞥見華佑惟猛地跪下，眼睛瞠大，緩緩朝房之羽伸出手。

「華佑惟，現在不……」我正要斥責他，卻發現他表情怪異，便改口喊了譚皓安過來，讓他幫忙把華佑惟拉開。

「不要啊！媽——爸——」在被拉開的瞬間，華佑惟忽然發出淒厲的喊叫聲，並掙脫了譚皓安的手，撲向房之羽。

我和譚皓安都被嚇了一跳，面面相覷，一時不知所措。

「爲什麼要死？不要死！媽！媽！」華佑惟把我推開，用力搖晃起房之羽的身軀，驚訝之餘，我趕緊上前想要阻止他，現在是關鍵時刻，不要來——

咳咳！

我停下動作，呆呆地看著房之羽猛烈咳嗽，咳出了一大灘水，我捂住嘴巴，眼淚再次落下，嘴角卻忍不住勾起。

華佑惟愣住，目光直盯著睜開雙眼的房之羽。

她虛弱地抬起一隻手，摸上了華佑惟的臉，氣若游絲地說：「媽媽還在這裡。」

聞言，華佑惟崩潰地痛哭失聲。

救護車來得很快，我和譚皓安如釋重負地站在救護車旁，看著房之羽躺在擔架上被抬了上去，她臉上戴著氧氣罩，身上蓋著保暖用的毛毯，居然還有心思對我們比了個勝利手勢。

房家的司機正緊張兮兮地與房之羽的父母聯繫，華佑惟則一個人安靜地坐在沙灘上，目光恍恍惚惚地落在遠處。

「我送你們回去吧。」司機結束通話後，神情凝重道。

譚皓安朝華佑惟瞥去一眼，「沒關係，我們等一下會請人來接，你先陪房之羽去醫院吧。」

「那……眞的不好意思，我要先離開了，謝謝你們救了小姐。」說完，司機便連忙驅車跟在救護車後離去。

很快地，沙灘上只剩下譚皓安、華佑惟和我三個人，譚皓安對我點點頭，他知道我在想什麼。

「我打電話跟家人聯絡一下，等會兒順便收拾東西，妳去吧。」

「嗯，謝謝。」我轉身朝華佑惟走去。

他的身影瘦削單薄，獨自坐在他堆砌的沙堡旁，像是沉浸在只有他一個人的世界。

我走到他旁邊坐下，才驚覺原來沙礫被烈日曬得這般滾燙，剛才一門心思放在房之羽身上，我完全一無所覺。

「我想我可能真的沒有喜歡妳。如果不是妳，而是房之羽先……那我就會注意到房之羽吧。」華佑惟的聲音還帶點沙啞，語氣卻很平靜。

我並不意外，靜靜地聽他說。

「妳第一次哭著說被男友劈腿，我就想起我媽也曾哭著求我爸別再去酒店；妳在同學會上見到前男友的新女友，明明覺得受傷，表面上又得裝出一副不以為意的樣子，這份堅強也讓我想起了我媽；皓安在妳家對妳大聲咆哮那時，我更是將妳傷心欲絕的樣子與我媽重疊在一塊。我想保護妳，是因為當年我沒能保護我媽……」他的嘴角勾起一個非常難看、扭曲的微笑。

我立刻拉著他的手臂，對他搖頭。

「不要笑，你可以哭的，就算哭出來，也不會有人責備你。」

我總算理解華佑惟為什麼總要強迫自己笑了，因為他想著如果不笑的話，便會被拋棄，會再次發生憾事，所以他才會這麼努力讓自己總是面露笑容。

他眉頭一皺，笑容頓失：「我剛才看見之羽躺在沙灘上奄奄一息，全身癱軟……我媽最後也是這樣，也是這樣……」

「爲什麼他們要自殺？」

「爲什麼我沒有事先察覺？」

「爲什麼不帶我走？」

「他們怎麼可以丟下我？」

「大家都說我可以哭，但我怎麼能哭？」

「親生爸爸都會打我了，親生媽媽都會丟下我了。如果我不當個乖孩子，誰還會要我？」

「我要乖、必須乖，當個好孩子，不給人添麻煩。」

華佑惟喃喃自語般地說出了一連串支離破碎的句子，句句都壓在他心上已久，句句都帶著難以言喻的悲傷。

一顆眼淚沿著他白皙的頰邊滾落，接著是第二顆、第三顆……我也忍不住跟著落下淚來，可是我好高興，因爲他終於哭了，終於知道哭了。

「不是說建設前得先破壞？」

我好似見到房之羽帶著俏皮的微笑再次對我說，這個女人確實有一套，還眞被她說對了。

「房之羽沒有死，她活過來了。」我說。

房之羽從生死邊緣醒過來的時候，她爲什麼會摸著華佑惟的臉頰說出那句話？我想不明白，但沒有關係，我很慶幸這句話把華佑惟那扇關得緊實的心門稍微拉開了一小條縫隙。

「你媽媽也活在你的心裡。你該讓你的心中住著你與爸媽快樂的回憶，而不是扭曲的愧疚。」我指著不遠處的沙堡，「就像那個一樣，你不是也有過和家人一同出遊的快樂記憶嗎？你應該記住的是那些曾經的美好。」

華佑惟的眼淚不斷滑落，彷彿要將這些年隱忍在心中的淚水全部宣洩而出。我靜靜坐在他身旁，什麼也不做、什麼也不說，就只是靜靜地陪伴。

隨著夕陽西下，海水逐漸漲潮，一波波拍打過來的浪潮沖刷起沙堡，慢慢掏空了基底的沙。

「我爸爸也許就是被種種壓力與現實如此沖刷，所以最後才垮了。」他淚眼婆娑地看著搖搖欲墜的沙堡，「因此當皓安揍我的時候，我卻覺得太好了、太好了，他把怒氣發洩在我的身上，這樣他今天就不會打媽媽了……我知道我的心生病了，我一直都知道，但如果我治好了，誰來記住我爸媽？我不能一個人好好活著……」

我抓緊華佑惟的肩膀，「不！大錯特錯，他們想要的是你好好活著，你好好活著不會對不起誰！佑惟，你要走出來，不論如何，我、皓安和之羽都會陪在你身邊，你不是一個人，我們在乎你。」

華佑惟對上我的眼睛，覆蓋著一層水霧的眼裡寫滿了歉意，「書海，逼迫妳與我交往的那段期間，我……是不是也成了妳的心病？」

我用力搖頭，「你不會成爲我的心病。」

如果不幸面臨親人自殺該怎麼辦？

首先，你一定要允許自己哭泣，你有權利哭泣，因爲你深愛的人離開了世界。

然後，你要允許自己生氣，無論源自何處，都要允許怒氣的存在，陷入無助的時候，多多少少都會伴隨著憤怒的情緒。

最後，你要允許別人對此有不同的處理方式，每個人都有自己的方式去處理這份傷痛，有人會立即在當下做出反應，有人則也許會遲至半年，或甚至更久以後才眞正意識到親人的離去。但無論是哪一種，每個人都有自己與死者告別的方式。

別讓你對死者的愛，變成與生者間的衝突。

#

「眞是熱死人了，白時凜，冷氣開強一點好嗎？」房之羽把腳翹在桌上，拿著小電風扇往自己的臉吹。

「不如妳先把腳放下來吧？」白時凜微笑，下一秒就將手上的粉筆丟到她腿上。

「靠！我是病患耶！你怎麼這樣對我！」房之羽肺活量之大，吼得柯喻宸忍不住噴了聲，並摀住耳朵。

「我看妳精神挺好的，有時間抱怨不如趕快寫考卷。」白時凜用力拍了下黑板，要她把精力放在眼前的數學小考上。

升上高二，各種名目的考試忽然變多，雖然覺得很煩，但根據席奕寧、謝子晏所言，他們學校的考試更多得誇張，相較之下，綠茵已經算少了。

我很快寫完考卷，一邊望著窗外的雲朵發呆，一邊疑惑著從剛才就不斷聽到的奇怪聲響到底是打哪來的？

「華佑惟，你在做什麼……」白時凜的聲音有些驚訝。

我回過頭一看，發現華佑惟居然悶聲不吭地在玩手機遊戲。

「啊，我在組隊升等，沒辦法停。」華佑惟頭也不抬地回。

「完蛋了，難道是因爲陳書海改跟譚皓安交往，導致你腦袋壞掉了嗎？」白時凜張大嘴鬼叫。

什麼腦袋壞掉？應該說是得以解放吧。

華佑惟終於不用再強迫自己當個完美無缺的乖小孩。聽華佑惟說，後來他主動跟養父母敞開心房小聊了一下，養父母都哭了，他們一直不知道該怎麼跟華佑惟相處，認爲他用笑容在彼此間築起了高牆。

經過眞誠的溝通，華佑惟與他們逐漸找到一種與過去不同的相處模式，更自然些，也更放鬆些，當然也更快樂些。

不過眼看著課業壓力迫在眉睫，華佑惟這麼放鬆好像也不太好。

「華佑惟，好歹寫個考卷吧。」我低聲說。

「我已經寫完了。」華佑惟一派輕鬆地說。

白時凜聽到他的回答，走過來拿起他的考卷，對了一下手中的答案紙。

「而且還全對……」白時凜不敢置信。

好吧，看樣子是我多心了。

「那，好歹關掉聲音吧。」白時凜最後只得無奈地說。

華佑惟輕輕一笑，笑容雖然淺淡，卻發乎眞誠，他依言關掉了手機遊戲的聲音。

也許看在老師與家長眼中，大概會覺得華佑惟變壞了，但是我們幾個都很高興，沒想到誤打誤撞就解開了他的第一道心結。

心病沒有那麼容易就能痊癒，華佑惟還是必須定期去看醫生，譚皓安也是。然而他們不再是一個人與自己的心魔奮戰，我們這群好朋友都會陪在他們身邊。

如果情況太過艱難，一個人無法走下去，就不要吝於求助，因爲那麼做一點也不丟臉，有人陪著一起走過艱辛才是最重要的事。

不過出乎意料之外，最後居然是房之羽對華佑惟說出的那句「媽媽還在這裡」，成了撬開華佑惟心門的關鍵，還眞讓人跌破眼鏡。

事後，我問房之羽當時爲什麼會對華佑惟說出那句話，她轉了下眼睛道：「妳不會相信的。」

「妳不告訴我，怎麼知道我會不會相信？」

「也許當時我確實已經陷入了彌留之際，我恍恍惚惚地在一片白光中看見了一對中年男女，他們哭著說自己做錯了，然後反覆道歉，並且再三強調他們始終都在，所以在我醒來後，我才會鬼使神差地脫口而出那句話。」房之羽定定地望著我，「那句話雖然是從我口中說出來的，但我一直覺得那好像不是我說的。」

「妳在講什麼啊？」我茫然不解。

「很奇怪吧，我就說妳不會相信的。」她的嘴角噙著一縷奇異的笑意。

#

「這是第一百張。」

譚皓安用手機拍下了一張我們的合照後這麼說。

「就沒看過這麼愛拍照的男生。」我故意繞到另一頭的椅子坐下。

「那妳就不要老是叫我傳照片給妳啊。」他走到我身邊坐下。

「對了，你之前不是拍了我九十九張照片，讓我看一下你拍了什麼。」我朝他伸手，他似乎有點猶豫，「幹麼啦？小氣。」

「妳還欠我一百塊呢！」他撇了撇嘴。

啊！對齁！

「我一直忘了還你錢，等一下我馬上還你。」

「算了。」他把手機交給我，賊笑，「就讓妳欠一輩子吧。」

我一愣，這句話是什麼意思啦！

「我可還沒答應跟你交往。」

「事到如今妳還這麼說？」譚皓安有些訝異。

我點開譚皓安手機相簿裡那個以我的名字命名的資料夾，最後幾張是我們一起去遊樂園的照片，一張張往前看去，有園遊會時拍的、有平常上課時拍的、有中午吃飯時拍的，照片中的我不時出現一些滑稽的神情，我真的完全沒意識到譚皓安是什麼時候按下快門的。他到底是哪來的時間偷拍了我這麼多張照片？

一路慢慢往回看，卻發現原來在更早之前，他就開始偷拍我了。

資料夾裡最早的一張照片是在高一開學那天拍的，照片中的我坐在座位上，背挺得筆直，看起來好像很拘謹。

我抬頭看向譚皓安，他卻故意別過臉看向另一邊。

「先生，這張照片是……」我的臉一熱，「這是怎樣，開學第一天你就偷拍我。」

他雙手抱頭，手肘撐在膝蓋上，還是不怎麼敢看我，「所以妳知道當我聽見妳有男友時，心裡有多沮喪了吧？」

「那你聽到我前男友劈腿的時候呢？」

「超爽的啊。」他嘿嘿笑了兩聲，終於扭頭看了我一眼。

我伸手想要打他，他敏捷地一閃，我的手兀自停在半空中，沒繼續追打。

「怎麼了？」他問。

「沒啊，只是沒想到你竟然偷偷暗戀我那麼久。」我故意這麼說，還驕傲地揚起下巴。

「我可不許妳這樣就自滿喔。」譚皓安坐回我身邊，朝我愈靠愈近。

「不然你想怎樣？」我毫不畏懼地看著他，諒他在學校也不敢對我怎樣。

忽然，他飛快地在我的右頰上輕輕一啄，讓我又驚又羞。

「你做什麼啊！我們又沒交往！朋友之間不能這樣！」我捂著自己的右頰，不用照鏡子都知道自己現在一定滿臉通紅。

「原本不會有人注意，妳一叫，大家都看過來了。」他壞壞地笑著，又朝我靠近了一些，「能遇到妳，眞是太好了。」

望著他令人難以抗拒的笑臉，嗚，有夠犯規的，好吧，算了。

「我也是，能遇到你們，眞是太好了。」我用頭輕輕撞了他的肩膀一下，「總有一天我們會交往的。」

「不如就今天吧？」他模仿我的動作，輕輕撞了回來。

我搖搖頭，「不，我想要等你和華佑惟都眞的沒事了，再來考慮交往的事。」

「好吧，反正我認爲現在這樣也算是在交往。」譚皓安也乾脆得很。

每個人或多或少都曾經受過傷害，而心理的創傷更因爲肉眼看不見，所以容易被忽視，甚至以爲把傷心事藏在心底深處，不去看，不去在乎，就能隨著時間而釋懷。

心理創傷的形成往往有其難以對外人言述的原因，有時是覺得羞恥而難以啓齒；有時是覺得那根本就是自己犯下的過錯，不可原諒；有時則是覺得就算說出來也沒人會懂，因此才一直將痛苦積壓在內心深處。

然而痛苦遲早有一天會爆發，甚至毀掉一切。

所以我們要懂得療傷，懂得陪伴，懂得擁抱，懂得傾聽。

要時常給自己一個擁抱，告訴自己：你已經做得很好了，如果眞的很難受，現在可以哭，之後你才有辦法笑。

然後，珍惜身邊陪伴你的人。

並且學會接納自己，那個遍體鱗傷的、不完美的自己。

全文完

後記

聆聽別人的求救訊號

在我大學的時候，有次在某篇文章裡看到作者提出了一個很有意思的問題：你知道你的電腦是男是女嗎？

詳細該如何操作我忘了，根據作者的論調，就是在某個頁面輸入英文，電腦便會開始講話，而根據電腦的講話聲，使用者就可以判別電腦的性別。

關於我的電腦發出了女生的聲音這點，其實我絲毫不覺得意外。

也不知道爲什麼，我當時使用的電腦每次都只會在我用的時候出現問題，可只要一請男同學過來幫忙檢查，那些問題便不復存在，我也因此被男同學嘲笑：「妳們女生眞的很不會用電腦欸。」

哼，同性相斥嘛，所以我的電腦會發出女生的聲音，我一點也不意外。

但電腦會說話又怎麼樣呢？它依然不具備與人溝通交流的能力，而我們人類明明能透過語言溝通，有時卻還是很難理解對方眞實的想法。

其實我在寫這本書時寫得很頭痛，尤其以取書名爲困難之最。以往我總自豪自己在寫完一部小說後，書名便會自動在心中浮現，然而這次的書名卻怎樣都杳無蹤跡。

我取了很多怪異的書名，可沒一個適用，最後才在編輯的提議下，選擇了《我想聽見你的聲音》，而令我驚喜萬分的是，在之後的校稿過程中，這個書名與故事逐漸地契合起來，融為一體。

很明顯地，這本書的故事主軸並非著重在愛情，而在講述每個人的心中都有塊旁人，乃至於自己都不能碰觸的黑暗之處。久而久之，那塊不能碰觸的地方也許得以隨著時間過去或自身想法的改變，而逐漸有光透進，並且逐漸放下橫隔在那處的柵欄。

然而有些人卻沒那麼幸運，那塊不能碰觸的地方成了他們的心病，從此形影不離。他們平時舉止都和正常人無異，但只要一碰觸到那塊心病，就極可能會出現哭泣、崩潰等異常的激烈反應。

這種時候，即便旁人想以言語勸慰對方，也時常不知道該說些什麼，或根本難以啓齒，甚至覺得說什麼都是徒勞無功。

人與動物之間無法透過言語溝通，但有時僅僅是通過雙方的互動，就能明白彼此之間不必言宣的深厚情誼，像是小狗用鼻子輕輕磨蹭主人的手心，主人無須透過言語，自然能心領神會小狗對他的親近。我始終相信，相較於肢體語言，說出口的話因多半有經過挑選，不見得出於眞心。

所以比起滔滔不絕地自說自話，我認為更重要的是抱持著一顆溫柔體貼的心去理解他人，勸慰的方式也不該僅限於傾聽對方的痛苦，更應該包含用心體察其未能說出口，但在肢體語言上已有所表示的心裡話。

把《我想聽見你的聲音》作爲這本書的書名，我以爲眞是最最適合不過了。譚皓安，這位不太像是男主角的男主角，他的心病來自年少時期外婆的忽然離世，因爲年少的那段經歷，他總有種錯覺，彷彿走過人群夾道的道路會將他帶離現在美好的一切，走向可怕的未知，或是迎接不願面對的現實。這樣的認知乍看之下或許有些莫名其妙，甚至會覺得這種恐懼毫無邏輯與道理可言，但對於當事人來說，卻再合理不過。

也許大家都曾有過類似的經驗，某個朋友說出了一件他很在意的事，我們聽了卻頗不以爲然，甚至還回了「這有什麼」、「小事情吧」、「你也太在意了」之類的話。

面對大家如此反應，那個朋友多半會選擇笑著說：「大概是我太在意了。」但或許，他其實是在向周遭發出求救訊號，他嘗試將自己的心病說出口，卻被其他人輕易地否決了，這可能會讓他更陷入死胡同之中，並開始懷疑自己：難道眞的是我想太多了？是我的抗壓性不夠嗎？

言語的存在眞的有讓溝通變得方便嗎？還是造成了更多的誤解？

這麼多年來，我想自己也曾在心直口快下，傷害了不少朋友，所以我體認到學會傾聽這件事，眞的好重要好重要。

談談書中的關鍵角色華佑惟，當大家看見他「黑化」的瞬間，是否倒抽了一口氣？在此之前，大家有發現一直帶著笑臉，從來不生氣的華佑惟，其實也生病了嗎？他將母親過去的遭遇，與眼前的陳書海重疊，他一心渴望著重新來過，想要「保護」一切，卻走錯了方向。

然而，華佑惟有幸遇見了一群非常好的朋友，即便心病不容易醫治，但至少有親近的朋友可以讓他依靠，當他的支柱。安靜的陪伴，有時遠比一切治療都還要有效。

題外話，「白時凜」這個名字，是我一個爲新生兒取名而苦惱的朋友所取的，當時他取了好幾個名字，在詢問我的意見後，最終決定選用其他名字，我便問他：「那『時凜』這個名字我可以拿來用吧？」

白時凜這個有點尖酸刻薄，卻細心體貼的角色，與我這個朋友的個性有些相似。

最後，我很高興書中的女主角陳書海最終學會了如何傾聽別人的內心，並且懂得耐心陪伴。

我也很開心你們能夠陪伴我走過這些年，有時候收到一些小Misa的私訊，說自己雖然不常出現，但一直有默默關注，在不知不覺間就已經過了好幾年。

人與人的緣分眞是奇妙萬分，期待下次與你們相見。

Misa

國家圖書館出版品預行編目資料

我想聽見你的聲音／Misa著. -- 初版. -- 臺北市：
城邦原創出版：家庭傳媒城邦分公司發行,
2017.09
面；公分. --

ISBN 978-986-95299-1-4（平裝）

857.7 106015912

我想聽見你的聲音

作　　者／Misa
企劃選書／楊馥蔓
責任編輯／楊馥蔓、許明珍

行銷業務／林政杰
總 編 輯／楊馥蔓
總 經 理／伍文翠
發 行 人／何飛鵬
法律顧問／元禾法律事務所　王子文律師
出　　版／城邦原創股份有限公司
台北市中山區民生東路二段 141 號 6 樓
電話：(02) 2509-5506　傳真：(02) 2500-1933
E-mail：service@popo.tw
發　　行／英屬蓋曼群島商家庭傳媒股份有限公司城邦分公司
聯絡地址：台北市中山區民生東路二段 141 號 11 樓
書虫客服服務專線：(02) 25007718・(02) 25007719
24小時傳眞服務：(02) 25001990・(02) 25001991
服務時間：週一至週五09:30-12:00・13:30-17:00
郵撥帳號：19863813　戶名：書虫股份有限公司
讀者服務信箱 email：service@readingclub.com.tw
城邦讀書花園網址：www.cite.com.tw
香港發行所／城邦（香港）出版集團有限公司
地址：香港灣仔駱克道 193 號東超商業中心 1 樓
email：hkcite@biznetvigator.com
電話：(852)25086231　傳眞：(852) 25789337
馬新發行所／城邦（馬新）出版集團 Cité(M)Sdn. Bhd.
41, Jalan Radin Anum, Bandar Baru Sri Petaling,
57000 Kuala Lumpur, Malaysia.
電話：(603) 90563833　傳眞：(603) 90576622
email:services@cite.my

封面設計／黃聖文
電腦排版／游淑萍
印　　刷／漾格科技股份有限公司
經 銷 商／聯合發行股份有限公司
電話：(02)2917-8022　傳眞：(02)2911-0053

■ 2017 年 9 月初版　Printed in Taiwan
■ 2023 年 1 月初版 10.8 刷

定價／250元

ISBN　978-986-95299-1-4